あの夏、夢の終わりで恋をした。

冬野夜空

STARTS
スターツ出版株式会社

長い夢を見ている。
それは、望んで得た夢。
自分を認めてくれる人がいるという、満たされた夢。
でも、夢はいつか覚めてしまうものだ。
ましてや、誰かを犠牲《ぎせい》にしたうえで成り立つ幸せなんて、微睡《まどろ》みの夢でしかない。
もうやめよう。もう終わりにしよう。
これは、水面に浮かぶ泡のように儚《はかな》い時間、泡沫《うたかた》の夢なのだから。

目次

プロローグ 9
第一章 名は夏の花 13
第二章 取捨選択 33
第三章 夢の始まり 59
第四章 微睡みの記憶 81
第五章 夢のような日々 119
第六章 微睡みのカウントダウン 179
第七章 夢の終わりに君を想う 219
エピローグ 255
あとがき 268

あの夏、夢の終わりで恋をした。

プロローグ

『もしも、過去の選択を変えられるとしたら』という話を聞いたときに、俺が真っ先に思い浮かべたのは、あの事故の瞬間のことだ。

鮮明には覚えていない。ただ、自分にとって大切な人が危機に晒《さら》されているのに、俺は足が竦《すく》んで一歩も踏み出せず、手を伸ばすことすらできなかった。そんな自分自身を、後になってから何度も何度も悔やんだことだけははっきりと覚えている。

結果からして、そのときの俺の愚鈍《ぐどん》な過《あやま》ちのせいで、妹は、雫《しずく》は、もういない。

あともう少し、状況を早く判断できていたら。あともう少し、俺に勇気と行動力があったら。

いくらそう考えようとも、いなくなった人間が戻ってくるなんてことはあり得なかった。

そうなってはじめて、俺は後悔をした。

それからの日々には、常に『どうしてあのときに……』という無力感と罪悪感が、呪縛《じゅばく》のような悔恨《かいこん》となって俺に纏《まと》わりつくようになった。

雫が経験するはずだった青春を自ら拒《こば》んだし、雫と一緒に目指していた音楽の道もやっぱりそこで途絶えた。他者からの同情や憐《あわ》れみを無視し、あまつさえ好意なんてものは、頑《かたく》なに拒んだ。

そうして、俺は本来雫がまっとうするはずだった人生経験を放棄《ほうき》し、そうすることで罪悪感から逃れ、自分を肯定してきた。

そうしていなければ、生きていることにさえ罪悪感を覚えてしまいそうだったから。

心が満たされるなんてことは一度もなく、けれどそれは愚かな自分には当然の末路だと言って聞かせた。

雫の死がきっかけで疎遠《そえん》になった家族のことも、日常が生きづらくなったことも、大好きだった音楽を聴けなくなったことも、そのすべてを受け入れるしかなかった。

だからこそ、『もしも、過去の選択を変えられるとしたら』俺はなによりも最初に、あの瞬間の自分の選択を正すだろう。

その思いの程度の違いはあれど、誰しも『あのときにこうしていれば』と思うことは少なからずあることだ。どうしようもない可能性を思い考え、どうしようもなくなった後だとしても、最良の選択を想起してしまうものなのではないだろうか。

人生とは取捨《しゅしゃ》選択の連続でできている。

一方を選ぶということは、一方を捨てるということに他ならない。

俺はそれを身に染みて理解した。選択という重みを、酷く痛感した。

だからだろう。

自分の無力に絶望し、すべてを諦めた俺が、柄にもなくあんな言葉を投げかけてしまったのは。

心のどこかで、常に最良の選択を模索《もさく》する姿勢が根付いていたからか。

それとも、後悔のない選択をしたいと常々心掛けていたからか。

はたまた、一度きりの機会を失うことを恐れたからか。

きっと、そのすべてだ。そのどれかひとつでも欠けていたら、結末は変わっていたことだろう。

果たしてそれは最良の選択だったのか、俺にはわからない。だが、後悔のない選択をしたと、今なら自信を持って言える。

あのとき俺は、後先も考えず、まるで零《こぼ》れ落ちるように、初対面の異性に向かって、

「……ひと目惚れ、しました」

と、そうひと言、告げていたのだ。

第一章　名は夏の花

八月一日

高校最後の夏休みは、どうにも時間を持て余していた。数少ない友人と遊ぶ気にも、受験勉強をする気にもなれず、無限とも感じられる日々は時間の檻《おり》に閉じ込められてしまったような感覚だった。

無為《むい》に日々を消費している後ろめたさから、単なる時間潰《つぶ》しも兼《か》ねて、俺は目的地も決めずに家を出た。根本的に家が苦手だという無意識も、外出への意欲を助長していたのだろう。

暇なときは読書と音楽鑑賞に浸《ひた》っている俺は、無意識に書店かCDショップに足が向く。今日もその例に漏《も》れず、書店へ歩を進めていた。

道すがら児童公園の前を通ると、子供という身分を満喫《まんきつ》しているかのように児童が追いかけっこをしていた。彼らからしたら、この億劫《おっくう》な夏の暑さも子供を楽しむためのスパイスでしかないのかもしれない。

俺が彼らくらいの頃は、ピアノを始めた時分《じぶん》か。きっと陽射しにも負けずに遊ぶはずの年代に、クーラーの下でピアノのレッスンなんかをしていたせいで、ぼんやりとした人間になってしまったんだろう。夏の日光はこんなにも照り輝いているのに、俺の気分を晴らしてくれることはない。

こんな日常的な風景が、俺のそれとは乖離《かいり》していた。

転んで膝《ひざ》を擦《す》り剥《む》いてもなお笑顔でいる男児や、自動販売機で買った炭酸飲料をその乾いた喉に勢いよく流し込むスーツ姿の男も、風に髪を靡《なび》かせ爽《さわ》やかな表情を浮かべる制服姿の女の子も、そのどれもが俺とは違う世界の住人にすら思えた。

そんな世界から逃げるようにして、俺は歩を速めた。

俯《うつむ》き加減で歩いていると、頻繁《ひんぱん》に通う書店に着いた。入ってすぐに陳列されている新刊や、映像化のコーナーを物色し、なんとなく気になった本を手に取りながら店内を回る。

俺は自分を見つめることを必要としない、他者の創った物語が好きだった。おそらくは現実逃避の手段のひとつとして用いていて、だから乱読《らんどく》派になって、どんな系統《けいとう》のものも読むようになったのだろう。

けれど、その日の俺の目に留《と》まったのは、数あるジャンルの中でも馴染みの浅い恋愛小説だった。

たまには趣向《しゅこう》を変えてみるのもいいだろうと好奇心《こうきしん》で手に取る。普段触れることのないような物語に出会えることを期待して、その本を購入した。

帰って読書に耽《ふけ》るのでは結局いつもと変わらない。そう思って俺は、帰路《きろ》とは逆の方向へと足を向けてみた。

基本的に行動範囲の狭い俺は、近所といっても少し外れてしまえば知らない土地となる。

少し歩くと小洒落たカフェが見えた。アンティークな造りのそのカフェは敷居《しきい》が高そうで上品な客層を窺《うかが》わせた。

高校生は気後《きおく》れしそうなところだが、若者が集まるような騒がしいカフェでは読書が妨《さまた》げられてしまうため、まさに求めていた場所を見つけられたと嬉々《きき》としながら足を踏み入れる。

艶《つや》のある茶色を基調とした内装で落ち着きある空間は、外観のイメージに偽りのない場所だと確信を抱かせた。俺の探していた読書に適しているカフェはここだと、充足感を覚えた。

客席に通された後、俺がメニュー表を開いてから注文する商品を見定める時間を、予《あらかじ》め正確に計っていたかのようなタイミングで店員が注文を聞いてくる。

「ご注文はお決まりですか？」

客席に通すところから注文を承《うけたまわ》るまでの一連の所作《しょさ》が洗練《せんれん》されていて、従業員の態度ひとつとっても文句のつけようのない店だ。しかし、だからと言って無暗矢鱈《むやみやたら》に高値《たかね》というわけでもなく、この店の気遣いの行き届いた様子に関心するほどだった。

腹が減っているというわけでもなかったので、俺はとりあえずこの店の自慢だというコーヒーを頼む。それから本来の目的である文庫本を開いて、物語の世界へと浸かっていったのだった。


——その音が聴こえてきたのは、開いて持っている文庫本の、右手の割合のほうが厚くなり始めた頃だった。

美しく伸びた和音《わおん》は、俺の鼓膜《こまく》を優しく撫《な》でるような音色だ。

ピアノの旋律《せんりつ》がカフェ全体を包み込む。読書に耽っていた人、友人と会話の花を咲かせていた人、パソコンでなにやら作業をしていた人、そんな各々《おのおの》が自分の時間に没頭《ぼっとう》していた中に響いた音に、皆が一様に顔をあげた。

入店したときから店の最奥《さいおく》に置かれているピアノは目に入っていたが、すでに音楽を辞めた身である俺がなにかするなんてことはもちろんなく、ただインテリアとしてしか見られなくなってしまった〝死んだピアノ〟なんだなと、少し虚《むな》しい気持ちになっただけだった。

けれど、そのピアノは生きていた。たった今、ひとりの奏者によって命が吹き込まれた。死んだように見えていたピアノは、その音色をもって人々の心を震わせている。

突如《とつじょ》流れてきた音に対して誰ひとりとして不満を示さず、その音楽は全員に受け入れられていた。

万人《ばんにん》に受け入れられる音楽を奏でられる人というのは、業界にもほとんど存在しないことを、俺は昔から痛いほど知っていた。それが難しいからこそ、奏者はまず譜面《ふめん》通りに弾くことを強制される。

しかし、この音色はなににも囚《とら》われることなく、自由な輝きを浮かべていた。俺の耳には、この音色が人々の心に寄り添って『さあ踊ろう』と紳士《しんし》的な手招きをしているようにすら聴こえた。そうして手を引かれた心が音楽と共に踊り出す。まるで、このカフェ一帯が音の舞踏会《ぶとうかい》にでもなったかのようだ。

「……ああ」

感嘆《かんたん》の息が漏れる。こんなにも楽しそうで自由な音楽ははじめて聴いた。

心がうっとりとしてくるのを感じる。もはや読書など放棄してこの音色に耳を傾けていた。

そうして一曲を弾き終える。すると、どこからともなく拍手が聞こえてきた。その数はひとつ、またひとつと増えていき、小洒落たカフェはその数瞬《すうしゅん》だけ小型のコンサートホールになったと錯覚《さっかく》するくらいだった。

俺が感嘆の次に抱いた感情は、興味だった。

どんな人がこの音楽を奏でているのだろう、そういった単純な興味。

おそらく一曲では終わらないのだろう、奏者からはまだ演奏の緊張が発されている。でもそれは程よくリラックスした緊張だ。だからこそ、この硬すぎず抜けすぎてもいない心地のよい音を響かせられる。

俺は奏者が二曲目を始める前に席を立った。店を出るのではない、その逆だ。店の奥へと足を進めた。テーブルとテーブルの間を縫《ぬ》って、奏者の存在を確認するために衝動的《しょうどうてき》に進む。

奏者を視界に収めると同時に、目を見張った。

演奏していたのは洗練された女性か、熟練の初老かを想像していた俺は、そのどちらでもない制服姿の女の子、という身なりに驚かずにはいられなかった。

でもそれ以上に。

その清々しい微笑みを湛《たた》えた横顔に、どうしようもなく視線が吸い寄せられてしまった。

グランドピアノの艶やかな黒よりも、規則正しく並ぶ鍵盤《けんばん》の白よりも、目の前の女の子は際立っていた。コンサート用のドレスを着ているわけでもないのに、その奏者としての横顔が胸中《きょうちゅう》を高鳴らせた。

俺はきっとその瞬間——恋に、落ちてしまったのだろう。

見つめられる視線に気づいたのか女の子はこちらに振り向き、視線が交錯《こうさく》する。そうすることで、またひとつ心臓が大きく弾んだ気がした。

女の子は、その瞳に警戒と困惑の色を残しながらも、「……どうでしたか？」と薄く微笑んで聞いた。

彼女の声までもが、先ほどまで奏でられていた音色のようだと感じた。

どうしようもなく高鳴る胸を抑えて、俺は口を開いた。

「……ひと目惚れ、しました」

×　　×　　×

彼女は『演奏が終わるまで待っていて』とだけ言い残し、また鍵盤に向き直ってしまった。

俺はそんな彼女の言葉通り、二杯目のコーヒーを頼んで時間を潰すことにした。

最初こそ、人前で告白した俺に好奇な視線を向ける人もいたが、次第にその視線は減っていき、最後には彼女の音楽へと関心が収束《しゅうそく》された。

——どうしてこんなことをしてしまったのだろう。

それが冷静になって最初に出た感想だった。いくら衝動的だったと言っても、慎重を期して選択する俺の言動には到底思えないものだ。

なにより、衝動的な行動は後悔を生みやすい、わかっているのにそれをしてしまうなんて。

目立ってしまったこともそうだが、俺の行動をなかったことにするために、ここから逃げ出してしまいたかった。

「なにしてんだろ、ほんと」

自分の浅はかな行動に対しての反省会が脳内で繰り広げられる。聴こえてくる彼女の旋律に意識が持っていかれることもしばしばあって、その無意味な討論はどっちつかずといった感じで、そんなことを繰り返しては溜息をついた。

店を出ようかとも悩んだけれど、彼女の演奏をまだ聴きたかったのと、やはり逃げ出すのは『後悔しない選択を』という俺の信念に悖《もと》るという思いから、羞恥《しゅうち》を忍んででも逸《はや》る気持ちを抑えながら最後には彼女の奏でる旋律に浸った。

なによりも、これからの後悔を極力減らすように努めるべきだろうと。

彼女が演奏を終えたのは、それから一時間ほどした頃だった。何曲もの演奏をこなした彼女は、客がまばらに散っていく中、俺の前へと現れた。

制服姿を見るに同い年かひとつ下か。第二ボタンまで開けられたワイシャツや、健康的な腿《もも》が少し覗くような挑発的な丈のスカート。背まで伸びた長髪は人工的な茶に染められていて、照明が反射すると黄金色《こがねいろ》にも見える。片耳に髪をかけるのが癖なのか、慣れた動作で髪がかけられると、そこにはきらりと光るピアスが見えた。派手な見た目は軽い威圧感《いあつかん》を覚えさせる。俺が学校ではできるだけ関わらないようにしているタイプの人間だ。

そんな相手に、俺はなにを口走ったのか……。再び逃げ出してしまいたくなる気持ちをぐっと抑えて、後悔しないための発言をと留意する。

「お待たせしました」

「お疲れさま」

恭《うやうや》しくも初々《ういうい》しくも感じられる最初のやりとりに、俺の緊張は募るばかりだった。待っている間の小一時間は、まとまりのない思考を巡らせていただけで、気づけば演奏は終わっていた。

異性に興味を持つことがそもそもほとんどなかったから、なんと切り出せばいいのかわからなかった。そんな俺に呆《あき》れたのか、彼女から言葉を振ってくれた。

「それで、さっきのはなんですか？」

その問いは、間違いなく例の衝動的な言葉に対してだろうが、どう返せばいいのかわからずに返事に窮《きゅう》してしまう。

「さっきの言葉、本気にしていいんですか？」

彼女のその問いに、誤魔化すという選択肢が脳内に生まれる。誤魔化してなかったことにして、いつもの退屈な日々に戻る選択肢もあるいは、と。

それでも、そんな選択肢は却下した。自分でも本当に驚いていることではあるけれど、彼女のピアノと、そして彼女自身を、強く魅力的だと思ったことは本心だったから。こうして得た機会を無駄にすることこそ、なによりも後悔に繋がることであるという認識はあった。

「本気にしていいよ。でも、ここでは話しにくいから、場所を変えないか？」

カフェの近くにあった公園のベンチに座る。陽は暮れ始め、遊んでいた子供たちは帰りの支度を始めたりと、次第に静かになっていった。

「きみのピアノ、とても綺麗だった。あんなにも伸び伸びとした演奏ははじめて聴いたんだ」

まずは素直な感想を伝える。彼女に興味を持った最初の理由だ。

「それは、どうも……」

褒められて嬉しくないのか、なにやら複雑そうな表情を浮かべていた。俺はなにかおかしなことでも言ってしまったのだろうか。

思い巡らせてみると、まだ自己紹介もしていないということに気づいてしまった。それでは今の俺はいきなり声をかけてきた怪しい奴でしかない。まずは名乗るところからだ。

「俺は、羽柴透《はしばとおる》。羽のある柴犬に透明の透、それで羽柴透。高校三年」

「私は日向咲葵《ひなたさき》。あの、ヒマワリの漢字ってわかりますか？」

「ヒマワリって、夏の花の？」

「そうです」

「えっと、たしか向く日に葵で、向日葵だったかな？」

「そう。私の名前はそう覚えてもらうのが一番です。日に向かって咲いた葵。向日葵が咲いたと、覚えてください」

ちなみに高二です。と付け加えるように言った。

素直に素敵な名前だ、と言っても、やはりその表情は芳《かんば》しくなかった。名乗るだけでは彼女の不信感は拭《ぬぐ》えないのかもしれない。

どうしたものかと思っていると、察しの悪い俺に諦めたのか、溜息をついてから切り出した。

「羽柴さん、私にひと目惚れしたって言いましたよね？」

「あ、ああ。言ったよ」

整った目鼻立ちに、顔のパーツをさらに際立たせるための化粧が施《ほどこ》されていて、派手な見た目とその整った顔立ちの相乗効果《そうじょうこうか》で、彼女の詰問には迫力があった。

「それは、ピアノに対してなんじゃないですか？　ひと目惚れじゃなくて、ひと聴き惚れではないんですか？」

なぜだか少し怒っているようにも見える彼女の問いは、なるほどと頷けるものだった。たしかにあのときの惚れる要因を考えれば、なによりその音楽が先に出る。俺だってあのピアノを聴かなければ、興味すら抱かなかっただろう。

しかし、なんと言ったものか。素直な言葉を相手に向けるには俺の人生経験は少なすぎる。容姿に惚れたとでも言うのか？　本心ではあるけど、どう考えたって軽すぎる。それでも、それが本心なのだから、隠すわけにはいかなくて……。

そうして自問自答を繰り返しながらも、俺は本心を吐いた。

「たしかにきみのピアノを聴いて、吸い寄せられるようにしてきみのもとに行ったけど、それでも違うよ。これは完全にひと目惚れだ。きみを見た瞬間、頭の中に電流みたくなにかが駆け抜けたんだ」

乏《とぼ》しい語彙《ごい》の中からふさわしい言葉を探すもどうにも上手く紡《つむ》げなくて、結局思いのまま言った。

「きみを見たとき、なんと言うか見蕩《みと》れてしまったんだ。綺麗な子だなと、そう思った。だからひと目惚れで間違いない」

俺はなにを口走っているんだ、と冷静になろうとするのをどうにか抑えて、勢いのまま言葉に乗せてしまう。

それを聞いた咲葵は「ふーん」と不満そうな声を零《こぼ》して、冷ややかな横目を俺に向けた。もしかして、どこかで機嫌を損なってしまったのだろうか。

「それで、羽柴さんはどうしたいんですか？」

「どうしたいって？　とりあえず、敬語は使わなくていい」

この子に敬語は似つかわしくないだろう。

「じゃあ、遠慮なく。……私と恋人関係になりたいとか、そういう理由で話しかけてきたの？」

恋人関係。情けないことに、衝動的に声をかけた時点ではそんな先のことまでは考えていなかった。

たしかに彼女が俺の隣を歩いてくれるなら嬉しいし、俺のためにピアノを弾いてくれることを想像したら頬が緩む思いだし、そもそもいわゆるナンパのように話しかけたのだから、目指すべき関係性はそこなのだろうけど……。

しかし、俺はやっぱり、幸せになること、なろうとすることへの負い目や罪悪感がある。

じゃあ、いったいなにを後悔しないように彼女へ話しかけたんだろうか。

「まあいいよ、目的はなんだって。少なくとも羽柴さんは私になにかを期待して話しかけてきたわけでしょ？　私も同じようなものなんだから」

「同じようなもの？」

「そ。ナンパを取り合うなんて、こっちにもなにかしらの得があると判断したときでしょ」

たしかにその通りだ。彼女のような派手な見た目の女の子なら、町中で声をかけられていてもおかしくはない。それらを断ることもまた造作《ぞうさ》もないことなんだろう。だったら、俺に対してどんな得を見出したというのか。

「羽柴さんは私のピアノをいいって思ってくれたから、声をかけたんだよね？」

厳密に言えば声をかけたのはひと目惚れしたからだけど、そもそも彼女のもとまで行こうと思ったのはピアノが理由なのだから間違ってもいないと思い、軽く頷く。

「なら頼みたいことがあるの」

「でも、きっとあの場にいた全員がきみの演奏をいいと感じていたと思う」

「私に拍手してくれた人は大勢いても、話しかけてくれた人は、やっぱり羽柴さんしかいなかったから」

咲葵は、いきなり人前でナンパはどうかと思うけど、と苦笑いしながら続けた。

俺の後悔のない選択を、という考えから外れた衝動的な行動だったけれど、一応意味があったみたいだ。

「私はそんな羽柴さんの行動力を買ってるんだよ」

「そう。なら、声をかけた甲斐《かい》があったってものだ」

そう言うと、彼女は片耳に髪をかける仕草をして、クスッと薄く笑った。

「それで、頼みっていうのは？」

「うん。私の手伝いをしてほしいの。この夏休み全部を使ってね」

そして、俺を試すような声音で、ひっそりと言った。

「私の手伝いをきちんと果たしてくれたら、ひとつだけなんでもしてあげるよ」

と。

その悪魔的な甘美《かんび》な囁きは、俺の胸中に毒となって、彼女との出会いで生まれた胸の燻《くすぶ》りを助長することになったのだった。

しかし俺はこのとき、彼女の言葉の意味を正確には理解できていなかったんだろう。

間奏　月の光

彼をはじめて見たのは、中学校に入学してすぐのことだった。

集会では度々全校生徒の前で校歌の伴奏をこなし、ある日には朝礼でなにかの賞状を受け取っていた。私よりひとつ年上の彼は、私が中学校に入学した時点ですでに校内の有名人だった。

彼はピアノが上手で、どんな曲だって人前で簡単に弾いてみせていた。そんな堂々とした姿が格好よくて、彼の奏でる心が和む音楽が好きだった。たちまち彼は私の憧れの人となった。

ある日の放課後、忘れ物を取りに教室に戻る途中に音楽室の前を通ると、微《かす》かなピアノの音色が聴こえた。防音設備が整えられた音楽室で弾いているから全然聴こえないんだなと思い、よく耳を傾《かたむ》けると、それは私の大好きなあの音だった。

それからは頭で考えるよりも行動のほうが早かった。私は迷惑なんて顧《かえり》みずに音楽室の扉を開け、その音色をもっと近くで聴きたいと本能の赴《おもむ》くまま行動していた。

気づいたときには憧れの彼と対面していて、気が動転《どうてん》するような思いだったことを覚えている。必死になにかを訴えようと口の開閉を繰り返していたのは、今思えば滑《こっ》稽《けい》だ。

それでも、彼は私の珍妙《ちんみょう》な行動など意に介《かい》さずに、優しく目を細めて言った。

「どうしたの？」

彼の優しさに触れ、私の心は溶けてしまうのではないかと錯覚するほどだった。いや、後のことを思えば、この時点で私の心は彼に溶かされていたんだと思う。

「えっと……」

言葉が上手く紡げずに呂律《ろれつ》が言うことを聞かない。ただひと言『あなたのピアノが好き』だとそう伝えればよかっただけなのに、当時の私は人に好意を向ける恥ずかしさに耐えられず、中途半端なことを言ってしまった。

「ピアノが、好きです……」

これが私の精一杯だった。

どう聞いても勘違いされるこの言葉は、やはり彼にも真意が伝わらなかった。でも、彼の優しい勘違いは、後の私という存在を形作ることになる。

「そっか。なら、ピアノ弾いてみる？」

私は彼のピアノを聴きたいだけなのに、想像だにしない展開になってしまった。彼は演奏を中断させられたことにも一切悪い顔をせず、私に席を譲る。

ピアノを前にして、私がなにもできないでいると、彼はさらにその優しさを振りまいた。

「もし弾けないなら、軽く教えてあげようか？」

憧れの人にピアノを教わるという贅沢《ぜいたく》な現実を前に内心混乱していた私だったが、彼の指導は素早く的確で、私に暇を許さなかった。

彼がストイックすぎるのか、時々初心者には厳しい技巧《ぎこう》もあったが、それでも少したら軽いメロディーのようなものを弾けるようになった。

彼は拍手して、笑って褒めてくれた。それが嬉しくて、そのメロディーを何度も何度も反復した。私にもこんな音色が響かせられるんだという喜びも、大きかった。

彼は予定があると言って途中で帰ってしまったけど、私はその後も音楽室に残り鍵盤を叩き続けた。帰る場所も友達もない私には、この音楽室が夢のように楽しい空間だった。

その日は結局、忘れ物を取りに来たという本来の目的も忘れて、最終下校時間までピアノに向き合い続けた。

そうして、私は独学でピアノを弾くようになった。

第二章　取捨選択

八月二日

人はいつだってなにかを選択して生きている。未来を切り開くのはいつだって自分自身の選択だ。でも、そんな考えを常に念頭《ねんとう》において生活している人なんてのは、きっと少数だ。

そして、俺はそんな少数に属する人間であり、取り留めのないことだとしても選択を迫られたらいつも最良の解を選ぼうと思い悩む。言い方を選ばなければ面倒くさい人間として見られてしまうだろうが、逆に言い方を考えればそんな性質のことを人は慎重だというのかもしれない。

だが、果たして〝後悔のない選択を〟を信条《しんじょう》としている俺が、その瞬間的な機会を逃さないためと言っても、衝動的に初対面の人に向かって『ひと目惚れしました』と声をかけるのは、慎重だと言ってもいいのだろうか。それがあの瞬間の最善の選択だったのだろうか。甚《はなは》だ疑問に思ってしまう。

そう言い始めると、昨日書店に行ったことも、恋愛小説を買ってみたことも、その後にカフェに入ったことも、じゃあ最良の選択なのかと聞かれれば、答えに窮してしまう。

そして今現在も。

彼女に指定された場所、夏休みの学校に足を運んでいることもまた、最良の選択なのかはわからなかった。

昨日から繰り返している自問自答は、俺になにかしらの解を与えてくれることはなかったみたいだ。

「なに険しい顔しているの」

視界の端にその姿を捉えたのと同時に、彼女は俺に声をかけた。

「脳内反省会をしていたんだ」

「なにそれ。もう終わったの？」

「ああ。解は出なかったけど、議論は完結したよ」

「そ。なら早く行こうよ。こんなところにいたら暑くて反省会なんかできないくらい脳が沸騰《ふっとう》しちゃいそうだし」

目の前の彼女は心底興味なさそうに相槌《あいづち》を打つ。大人しく猛暑《もうしょ》の中を正門の前で待っていた俺を置いてひとりでそそくさと校内に入っていってしまった。

そう。どうやら偶然にも、俺と彼女は同じ高校に通っているようで、言わば先輩と後輩の関係となるらしい。

彼女の後を追っていく。学校にいても浮かないようにと制服を着ているのだが、夏休みに制服でいるというのは、まるで学生に許された自由な時間を謳歌《おうか》できていないみたいで、あまり晴れやかな気分にはなれなかった。

彼女は迷いのない足取りで学校の廊下を進む。リノリウムの床は真夏だというのに不気味な冷気を含んでいるように感じられた。

どこかの教室から聞こえる扇風機の音、校庭から届く部活動の活気ある声、喧《やかま》しいセミの鳴き声が、聴覚を通じて夏という季節を訴えかけてきているようだった。

「手伝いって、具体的にはなにをすればいいんだ？」

「それは後でちゃんと話すよ」

言っているうちに足を止めた。夏休みでただでさえひと気の少ない学校の中でも、さらに静寂《せいじゃく》に満ちた場所。それは学校三階の奥まったところにある、何度か足を踏み入れたことのある教室だった。

「やっぱり音楽室なんだ」

「そ。音楽室。羽柴さんには私のピアノを聴いてほしいの」

彼女はそうとだけ言って無遠慮に教室の扉を開く。すると、すでに起動させていたのか人工的なクーラーの冷気が漏れ出てきて、汗の滲《にじ》んだ身体を心地よく抜けていった。それからふたり揃って暑さから逃げるように音楽室に入った。

「手伝いって、ピアノを聴くだけ？」

「まさか」

そんな簡単なことだと思っているの？　とでも言うように、不服そうな表情を向けながら続けた。

「コンサートに出たいの。だからその出場までを手伝ってほしくて」

「コンサート？」

「プロが集まるような難しいものじゃないよ。ただの町コン。八月の最後の日に町主《しゅ》催《さい》のコンサートがあるんだけど、それに出たいの」

「俺にできることなんてなにもないと思うけど」

まさか俺のことをピアノの経験者だと思っているわけでもないだろうし、それを自分から暴露《ばくろ》する気もない。彼女は俺になにを期待しているのだろう。

「どこがよかったとか言ってくれればいいんだよ」

「具体的な助言とかはできる気はしないけど」

「だいじょーぶ、最初からそんなこと、羽柴さんには期待してないから」

他にもっと言葉の選びようがあるだろうと苦言《くげん》を呈したくもなったが、こんな当たりの強い話し方も彼女の特徴なんだろう。俺がなにかまずいことをした記憶はないし、なにより派手な見た目に似合った口調だ。

「ちなみに、俺のことはさん呼びで、先輩とは呼んでくれないんだな」

「だって、学校で出会ったわけでもないんだし。それに先輩っぽいことしてもらった覚えもないからねえ」

たしかに年齢もひとつしか変わらないし、俺もそんな細かいことは気にしない。だが彼女と言葉を交わす度に、この毒づいた口調に強さが増してしまっているような気もした。そういったことは考えないほうがいいんだろう。

「私はこれから数日間、毎日この音楽室に通ってピアノの練習をする。だから来られるときは羽柴さんも聴きに来てほしいの。それで思ったことを素直に言ってほしい」

「行けない日もあると思う」

「それでもいいよ。でも極力来て」

「……わかった、善処《ぜんしょ》するよ」

手伝いといっても、その程度の協力なら惜しむ必要もない。それに咲葵のピアノが毎日聴けるという正当な理由ができたのは、むしろいいことのようにすら思えた。

その後は、なんの前振りもなく淡々とピアノを弾き始めた。それは昨日、カフェで弾いていた最初の曲だ。俺が彼女に興味を持つきっかけになった曲とも言える。

おおよそ二時間くらいだろうか。その間彼女は一度も休憩を取らずにその一曲を弾き続けた。何度も首を捻《ひね》り、納得がいかないと唸《うな》り声をあげていた。そこには真摯《しんし》に音楽と向き合うアーティストの姿があった。

　こうして彼女のピアノを聴いていると、たしかに荒削りな部分や技巧的に惜しいところなど、経験者の視点からなら気になる点は多少あったが、しかし人の心を揺さぶるようなその音楽は、そんな細かなことを気にさせない強さがあった。

　それに、町コンなら、音楽の専門家というよりはきっと町の取り仕切っている上の立場の人間に聴かせるオーディションなのだろう。素人の耳で彼女のピアノを聴いたら、音楽に対する余計な知識がない分、その感動は純粋なものになるだろうし、今の時点でなにひとつ不安な要素が見当たらない。俺はなんと声をかけるべきなんだろう。

『なにも問題ないよ』と言っても、自分のピアノに納得できずに唸っている彼女を納得させられるとは思えない。

　そう俺が頭を抱えていると、手を止めた彼女が唐突に問いかけてきた。それは俺にとってなによりも心臓に悪い問いだったと言ってもいい。

「羽柴さんはさ、もしもあのとき……なんて考えたことある？」

　その質問に、一瞬息を呑む。俺の核心《かくしん》を抉《えぐ》るものだけに、動揺を悟られないように注意しながら返答する。

「……それは、まああるけど。そんなの誰だって思うことでしょ」

「まあそうだよね。私も思うことあるし」

「どうしていきなりそんな質問を？」

変に焦燥《しょうそう》する気持ちを抑えて平然を装う。

「私がさっきから弾いてる曲ってね、最近流行ってる『Ei』っていう恋愛映画の主題歌なんだ。映画の内容と曲の歌詞がそんな感じだから聞いてみただけ。歌詞の意味を考えれば、曲の情景《じょうけい》とかを想像できるかなって」

「そう……。まあ、でも曲のイメージを掴むのはいいことだと思う」

頷くと、話を切り替えて率直に聞いてきた。

「ピアノ、聴いててなにか気になることとかあった？」

まあそう聞いてくるよな、と思った俺は予め用意していた回答を口に出す。

「楽譜を見せてもらえないかな。もしかしたらなにかわかるかもしれない」

結局俺の言えることはこの程度のことだった。彼女のピアノの出来に問題を感じていないのだからあとは楽譜に書かれているポイントを指摘するしかない。それこそ、俺がピアノをまだ習っていた頃に幾度となく楽譜を読み解いてきたように。

俺がピアノを弾いた経験があるということを知らない彼女からしたら、頼りない返答でしかないのだろうが、しかし俺にはこう言うほかなかったのだ。

しかし、俺のそんな心配をよそに、

「楽譜なんてないよ？」

と当然のように頭を傾げて、彼女は言った。

それからの言葉は、驚きと呆れの連続だった。

「そもそも私、楽譜読めないし」

「基本的な弾き方を教わってからは全部自己流だよ」

「私の弾いている曲は、全部聴いて覚えたもの」

どうしてだ、となにに対しての問いかもわからない曖昧な質問をすると、

「だって、楽譜の読み方を覚えるより、曲をそのまま音として覚えたほうが早いから」

と言い返された俺の心情を、誰が説明できようか。

才能という名の不平等さに呆れて声も出なかったが、その反面納得したこともあった。それは彼女の音楽の自由さだ。楽譜を見ないということは、即ち彼女を指図し拘《こう》束《そく》するものがないということだ。聴いたままの音楽を、自分の持ちうる表現力を総動員してその一音一音を形作っているからこそ、そんなにも伸び伸びとした音楽を奏でられる。この子は余程聴覚が優れているんだろう。

結局なにも言えなくなった俺は「聴いていた限りでは気になるところはなかった」と、やっぱり彼女の納得しない回答を返すしかなかった。

「この人使えないな」と彼女の横目が言っていたけど、直接文句を言われることはなくまたピアノを弾き始めるのだった。

こうして、レッスン一日目が終了した。

× × ×

翌日も、その翌日も彼女は宣言通り毎日学校に行き、ピアノの練習に邁進《まいしん》した。

それは、たとえ雨の日でも風の日でも例外ではなく、その姿勢からは一切の妥協も感じられなかった。彼女の懸命さにあてられたからだろうか。そんな彼女の様子を把握してしまっている俺も、やっぱり彼女のピアノを聴きに毎日学校へ足を運んでいたのだった。


「連絡先登録しておいて」

そう言って、俺に向かって携帯を投げつけてきたことがあった。

「勝手に操作していいの？」

「うん、別に見られて困るようなものもないし」

本人がそう言うなら問題ないだろうと、言われた通りに連絡先を登録する。ひと目惚れした相手の連絡先をこうも簡単に知ることができてしまい、なんだか拍子抜けだった。

「そういえば、きみ携帯二台持ちしてる？」

「以前機種の違うものを持っていた覚えがあったから」

彼女は時折、携帯の画面を見て溜息をついていることがあって、その姿が妙に記憶に残っていた。だが、たしかそのときに持っていた携帯と今渡された携帯とでは、少し形が違った気がしたのだ。

「まあそんな感じ。もう片方は親に持たされてるから」

「そっか、心配してくれてる証拠だ」

「まあね。それとさ、きみって呼ぶのやめてくれないかな。ちゃんと名前で呼んでほしい」

少し話を逸らすようにそう言った。

「名前って、日向咲葵？」

「フルネームは嫌だよ。それと名字で呼ばれるのも好きじゃない」

「じゃあ咲葵さん？」

「さんづけとか気持ち悪い」

「注文が多いな。じゃあ咲葵だ」

「うん、それでいい」

納得すると、咲葵はピアノの練習を再開した。

ここ四日間毎日この音楽室に来て練習しているのにも関わらず、咲葵はまったく自分の演奏に納得してないようで唸り声が最初よりも多くなったように思えた。煮詰まっている状態なのだろうか。

「やっぱり納得できるものは弾けないの？」

「全然弾けない。羽柴さんが的確なアドバイスくれないから」

「それは……申し訳ない」

自分が一切役に立っていないということを自覚していたので、素直に謝ることしかできない。

「ううん、冗談。弾けないのは私の問題だから。そんな気にしないで」

そうは言っても、やはり咲葵は何度も首を捻って試行錯誤《しこうさくご》を続けていて、その姿を近くで見ていることしかできない自分が情けなかった。

どうにかできないものかと、ピアノの音を聴きながら思考を巡らせていると、ひとつの案が思い浮かんだ。

けれどそれは、ひと目惚れした相手に言うには少し抵抗のある案、もとい誘い文句だった。

「その曲の映画、なんて言ったっけな」

「『if』のこと？」

「そう、それだ。その映画は観に行った？」

「行ってないけど」

そこまで聞いて、俺は提案せずにはいられなかった。

「なら、映画を観に行けばいいんじゃないかな？」

咲葵は感覚で音楽を奏でている。ということは楽譜なんかを見て勉強するよりもずっと、その曲の意味合いや雰囲気を理解できそうな映画を観るというのは重要なことのように思えた。

「なに、デートに誘ってるの？」

対して咲葵の返答は、なんとも辛辣《しんらつ》なものだった。けれど、その考えが俺の脳内にあったことも否定できなかったため、彼女を自意識過剰とは言えない。

「否定はしない」

「うわ、羽柴さんってそんな策士《さくし》だったんだー。女の子の誘い方が巧《たく》みすぎてなんか嫌だ」

「なに言ってんの、そんなわけないだろ。俺は異性とふたりで出掛けたことなんて一度もないんだよ」

「だからって、それをそこまで自慢気に言われても困るんだけど」

「はあ、それで、どうするんだ？」

単刀直入に尋ねてみると、咲葵は癖である片耳に髪をかける仕草をすると、一瞬の逡巡《しゅんじゅん》を置いて承諾《しょうだく》した。

「まあ今のままでは煮詰まっちゃいそうだからね。今回は羽柴さんの悪巧みに乗ってあげる」

早速、明日映画を観に行くことになった。レッスン五日目にして取材ということだ。

× × ×

事前知識を得るため『IF』という作品について調べておいた。すると、驚いたことに原作の小説がついこの間購入したばかりのもの——咲葵と出会った例のカフェで読んでいた文庫本——であったことがわかった。

どうやら映画と原作の小説では内容が大きく変わっているらしく、両方とも違うものとして楽しめるらしい。話によれば〝ある選択〟を主人公が選ばなかったのが原作で、選んで違った結末に向かうのが映画だとか。まだ原作を読み終えてはいないが、アフターストーリーもとい、イフストーリーを映画にするという斬新《ざんしん》な試みには純粋に興味を惹かれた。

咲葵との映画を楽しみに、というわけでなく単純に映画の内容を楽しみに少し弾んだ足取りで映画館のある複合施設に行くと、待ち合わせ場所に彼女の姿が見えた。

普段の彼女と比べると、驚いたことに私服は随分落ち着いた印象を受けた。明るめのグレー色のノースリーブワンピースで、その細かなチェック柄とウエストの細さを強調する黒のベルトが、細身な咲葵のスタイルのよさを際立たせていた。

「おはよ」

「ん、おはよ」

俺が声をかけると、それまで俺の存在なんて視界にすら入っていなかったかのように適当に言葉を返された。

そんな咲葵の頭には、アクセントとしてか黒のマリンキャップの帽子が被さっており、帽子の下には、黄金色にも映る茶髪を片耳にかけてきらりと光るピアスを覗かせていた。

「行こうか」と声をかけて歩き出すと、黙りながらも彼女はついてきてくれた。

「というか、初対面であんなこと言った俺と、映画なんて観に来ていいの？」

「やっぱり、そういうこと考えるんだ」

「一応聞いておこうと思ってな」

つい先日いきなりひと目惚れしたなんて言ってきた異性と映画に行くなんて、本当にいいのだろうかと疑問に感じてしまったのだ。

「まあこれをデートと受け取るかは、羽柴さんに任せるよ」

「任せていいのか……」

「どう思うかは勝手でしょ。私はデートだとは思ってないし」

「おっしゃる通りで」

今日も今日とて、咲葵の毒性は快調らしい。

複合施設の中は広く、一日で回りきるのは不可能と言われるほどだ。その中で最奥にある映画館に向かっているのだから、その道程は店内と思えないほど距離があった。どうにかして沈黙《ちんもく》を作らないようにと考えていると、いつもの如く彼女から話題を振ってきてくれた。

「羽柴さんは、恋愛映画なんて観るの？　正直あまりイメージできない」

「その通りだね、俺はあまり恋愛を主軸に据えた作品には触れないタイプだ」

「やっぱりねー。私もあまり見ないかも」

その回答は意外だった。フィクションの他人の恋愛模様に憧れて友人と騒いでいそうなものなのに。ちなみに俺は、恋愛感情というものを理解できないから触れていないだけだ。経験したことのない感情を揺さぶろうとしても、それは難しいだろう。

「どうして？」

「一応言っておくけど、羽柴さんみたいに、恋愛感情なんて理解できないしくだらない、なんて経験のなさを言い訳にした理由ではないからね」

「余計なことは考えなくていいから。それに、俺が観ない理由を勝手に決めつけないでほしい」

しかし、そうか。やはり咲葵には恋愛経験があるということになる。それは不思議なことではないし、この容姿では、むしろそういった経験がないほうが不思議なくらいだ。それでもひと目惚れした立場から言わせてもらうと複雑な気分ではあった。

ついには、彼女が恋愛ものに触れない理由を聞けないまま話が途切れてしまった。きっと、思い出したくない、もしくは触れてほしくない経験でもしてきたのかもしれない。踏み込まないほうがいいだろうと判断して好奇心を抑制《よくせい》した。

「そう言えば、今から観に行く映画の原作の小説、持っているんだ」

今朝仕入れた新鮮な話題を振ってみる。もしこの話題に食いついてくればいくらか話を続けられそうなものなのだが。

「そうなんだ」

期待は虚しく、彼女の反応は実に淡泊《たんぱく》なものだった。本当に、咲葵はどうして俺の同行を許したのか不思議で仕方なかった。

「今回の作品は、ある仕掛けがあって――」

「なに、観る前からネタバレする気？　悪趣味だね」

「いいや、そうじゃなくて。ある地点で映画と原作の内容が分岐《ぶんき》するようになっているから、もしも映画を気に入ったなら小説を読むのもいいかもしれないと言おうとしただけで……」

「観てから考えるよ」

これはもう、素っ気ないというよりは苛立っているように感じてくるような物言いだった。そう思わせた理由が俺にはまったく心当たりがなく、咲葵の天邪鬼《あまのじゃく》さに手を焼くばかりだ。

「怒ってるのか？」

実際憤《いきどお》っている人に「怒っているのか」と尋ねるのは火に油を注ぐようなことだとわかってはいるが、聞かずにはいられない。

「別に」

さて、どうしたものか。

彼女の扱いに困った俺は、とりあえずこれ以上彼女の機嫌を損なわないために黙ってシアターへと移動するのだった。

エンディング曲の終了とともに、室内の照明が一様に点《つ》き始める。人を招き入れるときには暗くなり、人を送り出すときには明るくなる施設なんて、きっと映画館くらいのものなのだろうと、その希少性をぼんやりと考えていると、隣にいた咲葵は唐突に顔をあげた。

「よし、早く学校に行こう」

「いきなりだな」

「今なら弾けそうな気がするの」

「インスピレーションでも湧いたか」

「まあそんなとこ」

それからは寄り道など一切せずに、一直線に学校へ向かった。

陽が傾き始め、町並みがゆっくりとオレンジ色に染まっていくのを背で感じながら校内に入る。廊下の窓から射し込む夕陽の暖かな光は、夏の暑さもろとも包み込んでくれる優しさがあるように感じられた。

音楽室、照明の点いていない薄暗い部屋の中で艶のある黒を纏ったピアノに夕陽が反射してる光景は、純粋な美しさがあった。しかし、咲葵はそんな光景には興味がないのかそそくさと部屋を明るくしてピアノを弾き始めてしまう。

今の咲葵には、誰であっても邪魔は許さないという厳しさを含んだ空気感が漂っていた。

研ぎ澄まされた集中力で、咲葵は何度も何度も同じフレーズを弾いては頷いたり首を傾げたりと、試行錯誤を重ねる。ただの一度映画を見ただけなのにここまで曲に対して様々な感情を抱けるのかと、素直に称賛《しょうさん》するほどだった。

せっかく男女で映画を観たというのに互いに感想を言い合うこともなく、本当にピアノを弾くためだけに行ったようだ。当初の目的はそれで間違いないのだから演奏が捗《はかど》るのはなによりだが、しかし少し残念なような気持ちを抱いているものまた事実だった。

学校に到着したのが夕方ということもあり、学校から締め出されるまであまり時間のない中、演奏開始から一時間を過ぎたあたりで咲葵は鍵盤を叩く手を止めた。

「どうした？」

「できたから聴いてほしい」

咲葵ははじめて、納得がいったと頷いた。自信を湛えた表情で俺の方を向き、早く聴く体勢になれと視線が急かしてくるようでもあった。

「じゃあ聴かせて」

俺の返答を聞くと、咲葵はピアノに向き直りひと呼吸置いてから指をそっと添わせるように鍵盤に落とした。

一音。たった刹那《せつな》響いた音だけで、この音色の感情が胸中にスッと溶け込んでくるような感覚に陥《おちい》った。弾いた曲は以前と変わらず『IF』という映画の主題歌。それなのに、感じ方がまったく異なっていた。

昨日まで聴いていたのは穏やかで少し切なげなバラード調の曲だったのだが、今目の前でしている演奏は、そんな簡単に表現できるものではない。筆舌《ひつぜつ》に尽くし難い複雑に絡み合った感情が、音色に乗せて伝わってくる。聴いていると自然と劇中の名シーンなどを想起《そうき》させ、さらには自身の後悔してきた記憶までも思い起こされるくらいだった。

〝もしも〟。そう音色が語りかけてきているみたいだ。『もしも、あのときに戻れたら、きみは違った選択を取れるか』と問われているようで。

技術的には足りない部分はもちろんある。でも、こんなにも訴えかけてくるピアノをはじめて聴いた。

「羽柴さん、大丈夫？」

気がつけば演奏は終わっていて、僕の目の前に咲葵の顔があった。覗き込むように見つめてくる瞳は、澄んでいて綺麗だ。

「あ、ああ」

「どうだったかな」

「圧倒された」

「なにそれ、大袈裟《おおげさ》」

俺の回答に、咲葵は鼻を鳴らしてそっぽを向いてしまう。俺の言葉が信じられないのか、それとも自身の音にまだ納得していないのか。

「大袈裟なんかじゃない。本当に圧倒されたんだ。昨日の音よりもずっとよかった。一音一音に心を揺さぶられて、大切なことを問われているような気持ちになった。これじゃ伝わりにくいかもしれないが、ともかく感動したんだ」

「そう」

そっぽを向いたまま、続けて俯いてしまった。

また間違ったことを言ってしまったかなと反省をし始めようとすると。

「映画連れていってくれて、ありがと」

ボソッと、そう小声で呟いたのが聞こえた。

「どういたしまして」

映画に連れていったことは間違いではなかったようだ。自身の選択に誤りがなかったことに胸を撫で下ろす。

俺と咲葵とのやり取りの間で、もし致命的な選択ミスをしてしまったら、こうして同じ空間で過ごすことも、顔を合わせることもできなくなってしまうだろう。今までが平気だっただけで、これからはそうとは限らない。

もしも咲葵にこの関係の終了を宣告されたら。そう想像しただけで胸の奥が酷く痛んだ。俺は自分が思っているよりもずっと、彼女に依存してしまっているのかもしれない。だから、まずは俺ができるだけ協力して、コンサートに出場できるように尽《じん》力《りょく》するだけだ。

そこでふと、気がついた。

八月最終日にコンサートがあって、その前にオーディションがあるのだとしたら、それはもう近々じゃないだろうか。すでに八月に入って一週間が経過しようとしているし、咲葵の様子もどこか焦っていたようにも見えたから、オーディションが迫っているのかもしれない。

「ところで、オーディションっていつなんだ?」

「ああ、言ってなかったっけ」

咲葵は一切悪びれた様子もなく一言放った。

「明日だよ」

間奏　悲愴《ひそう》

ピアノを始めたことによって、私の身の回りには人が増えていった。

私の場合はクラスメイトに練習を目撃されてしまったからだけど、きっかけがあれば自分の生活や周りの環境なんて簡単に変わってしまうんじゃないかと思った。

クラスメイトのひとりが、私の演奏を『すごい』と讃《たた》えてくれたのが始まりだった。

それからは興味を持った人が便乗するように私に声をかけ、気がつけば友人と呼べる間柄の人ができていたりして、交友関係なんてずっとなかった今までの私と比べると、毎日はずっと充実したものになったと思う。

それでも、私の憧れたあの人だけは、その背中がさらに遠くへと行ってしまったような気がして、何度も落ち込んだ。再び偶然出会えるなんてことはなく、あれから言葉も交わさないまま、彼は中学校を卒業してしまった。

もちろん連絡先の交換なんてしていなかったし、もともと接点もなかった私が彼に近づくことは叶わなかった。憧れたあの人にはもう会えないんだと、そう思った。

けれど、運命は私に味方をしてくれたようだ。

あの日、町外れにある小さなコンサートホールになんともなしに足を運ぶと、いつも私の記憶の中で輝いている彼がいた。

彼はホール内の空席状況を目視で確認し、他の客と隣同士にならないような席を探しているみたいだった。

あまり客足が多くなかったので望みは薄かったけど、心の中では何度も『私の隣に来てください』と祈った。

するとなんの思し召《おぼしめ》しか、私の祈りはおおよそ通じたみたいだった。彼は少し迷った末、私の方へと向かって前進し、私の隣をひとつ空けてそこに座った。

ずっと憧れていた人が、もう会えないんだと半ば諦めていた人が、触れられる距離にいることに緊張と幸福で酔ってしまいそうだった。

その日のコンサートの内容を、私はあまり覚えていない。微かに聞こえる彼の息遣いだとか、匂いだとか、そういった彼を構成する要素に対してばかり、私の五感は反応していたようだった。

コンサートが終わり、少ない客足がまばらに散っていく中、彼もまたその群衆に紛れようと立ち上がった。そして、私はそのチャンスを逃すことだけはしないと心に決めていた。

胸中で何度もイメージし練習した言葉を脳裏《のうり》に思い描く。大丈夫、私ならいける。

そう言い聞かせて口を開ける。

しかし、言葉は音になっては出てこない。こんなときまで緊張が邪魔をしてくるなんて。

唇を一瞬鋭く噛みしめ、痛覚によって無用な感情を押しとどめる。そして。

「あの――っ!!」

私のいきなりの声を受け止めた彼は、やっぱりあの日のように薄い笑みを頬に張り付け、こちらへ振り向いた。

「どうしたの?」

第三章　夢の始まり

八月七日

その日は、八月に入ってはじめての曇《くも》り空だった。ここ最近の熱を吸収しているかのように厚い雲は、これからの気候を不安定にさせるには十分すぎるほどの黒さを備えて、いつもなら見えるはずの青空を隙間なく埋めていた。

曇りの空模様は、まるで俺の心中を映し出しているかのようだった。でも、咲葵はきっとそれ以上に沈んでいるはずだ。

咲葵のオーディションは、結果から言えば不合格だった。

その報告を受けるために学校に呼び出され、いつもの音楽室で事の顛末《てんまつ》を聞いた。

咲葵からは『集中したいから応援には来なくていい』と言われていて、だから実際には聴いていない俺が一概《いちがい》には言えないが、それでも彼女のあの演奏を聴いて落とすようなオーディションはないと確信していた。しかも、町コンのように素人相手に聴かせるピアノとしては、咲葵の演奏はなにより優位に思えた。技術よりも人の心に寄り添う音楽なのだから、誰の演奏よりも評価がよいに決まっている。咲葵本人もミスらしいミスはしておらず、昨日の通りに弾けたと言い切っていたので、そちらも心配ないだろう。

審査員に耳の肥《こ》えたお偉いさんがいたか、わざわざ町がプロの審査員を呼び集めたか、どんな理由があったのかはわからない。それを追及することなんて、もうどうでもよかった。

納得がいかなかった。あんなにも人の心を揺り動かす音楽を奏でられる人を採用しない理由がわからなくて、どうしようもなく悔しかった。

しかし、俺がどんなに喚いたところで現実は変わらない。彼女は、咲葵は、そのコンサートの舞台に上がる資格がないと判断された。それが、紛れもない事実だった。


無言の中、時間だけが過ぎていった。

どんな言葉も躊躇《ためら》われて、慰めようにも適切な言葉が俺の語彙には存在しなかった。

外では、ぽつぽつと雨が降り始め、部活動をしていた人たちが校舎に避難してくる慌ただしい足音が聞こえてきた。強まる雨脚は彼女の涙を代弁しているのだろうか。

無言を貫く咲葵との間にできた沈黙には、防音壁の向こうから微かに聞こえる雨音だけが虚しくに耳に届く。

「羽柴さん、落ちちゃった」

「…………」

「練習通りに弾けたし、自信あったんだけどな」

なにも言ってやれなかった。

いつも人の気なんて介さず好き勝手に鋭利な言葉を並べているのに、今の咲葵は傷心して口調に勢いがない。いつの間にか彼女の毒が回っていたのか、俺は咲葵のいつもの毒性の強い言葉を望んでいた。弱気な咲葵を見ていることが悔しくて堪らなかった。

「なにか言ってよ」

「ごめん……」

なにを言っても咲葵を傷つけてしまう気がして、無闇には口を開けない。なにか声をかけてやりたいのにどうしても言葉が出ず、口内で何度も何度も発しようとしては消えた。

続く沈黙が、重く、痛かった。こんなときにこそ咲葵のピアノが聴きたいと思った。どれだけ長い沈黙だっただろう。ポツリと、咲葵が口を開いた。

「羽柴さん」

「どうした？」

「羽柴さん」

「今日は随分と名前を呼んでくれるんだな」

少しおどけて言っても、やはり彼女からの反応はない。

その代わりに、真面目そうな空気を帯びた声になって、言った。

「ピアノ、聴かせてほしいな」

その発言に、俺という存在の中にある芯が弾んだ。

「俺に弾けと……？」

「うん。もしかしてピアノ弾けるんじゃないかって、ずっと思ってたから」

「………」

予想もしていなかった咲葵の言葉と展開に戸惑ってしまう。

ピアノなんて、辞めてから今まで一度も弾いていない。俺はピアノという楽器から逃げるように今まで生活していたのだ。

でも、今は目の前にピアノがあって聴きたいと言ってくれている人がいる。もしも俺の演奏が少しでも彼女の励みになるなら、それは意味のあるものなのかもしれない。

「ブランクがあるし、手だってしばらく動かしていない。それでも……」

「それでもいい」

弱気な言葉を遮るように、咲葵は言葉を被せた。

「私は今の羽柴さんのピアノが聴きたい。だから、下手でもなんでもいいんだよ」

正直、もうピアノは弾きたくないと思っていた。犯した過ちへの贖罪《しょくざい》のつもりでもあったし、なによりピアノと向き合うことが怖かった。

それでも。

「覚えている曲なんてほとんどないからな」

俺はいくら怖くたって、この子の力になりたかった。

たしかにきっかけはひと目惚れだ。したことはいわゆるナンパで、そんな俗な出会い方も自発的な行動も、どこを取ったって俺の普段の行動とは乖離していた。そしてなにより、そんな俺の行動が果たして後悔のない最善の選択だったかと考え始めてしまうと甚だ疑問ではある。

それでも、今となればいくらか自分の行動に自信が持てる。

つまるところ俺は確実に、咲葵に恋をしている。

理由は明確ではないが、彼女の行動や愚直に努力する姿を、気づけば目で追っていた。そんな彼女のためならば、もう一度鍵盤を叩けるのではないかと思った。

「なにを弾いてくれるの?」

今までの沈んだ表情とは打って変わって瞳に光を宿し、俺の演奏を待っていてくれている。咲葵を笑顔にできただけで、ピアノを弾こうと思ってよかったと安堵した。

曲目は唯一、手が感覚的に覚えている曲だ。町角にある小さなコンサートホールでよく聴いていた、思い入れのある曲。有名な曲ではないし、ピアノを長らく習っていた俺でも曲名すら怪しい。それでも、そんな曲が最も深く印象に残っていた。

「曲名はわからないんだ。でも、俺の好きな曲」

咲葵に席を代わってもらい、鍵盤の上に両手を構える。ひと呼吸置いて気持ちを落ち着け、手ではなく聴覚に意識を集中する。

俺はゆっくりと被せていた手を鍵盤へと下ろしていき、入りの一音を緩やかに奏でた。それを合図に、俺の手は加速する。

「――っ⁉」

咲葵が息を呑んだ音が聞こえる。研ぎ澄まされた聴覚はこの環境のすべての音を把握しているかのようだった。

俺の両の手は鍵盤の上を舞台に一心不乱に舞う。ときには寂しげに、ときには楽しげに。

一瞬視界に入った咲葵は両手を胸の前でぎゅっと握りしめながら、耳を澄ましていてくれている。

自由だと思った。

楽譜はなく、頼りは記憶に残る何度も聴いたあの旋律だけ。審査員なんてものはおらず聴き手は咲葵ひとり、誰に指示されることもなく自分を存分に表現できるこの空間が、言いようもなく心地よかった。

音楽はこんなにも楽しいものなんだと。

いや、それだけじゃないか。咲葵のために弾いているからこそ、こんなにも俺の音は色を持つんだ。

せめてこの拙い演奏が咲葵への激励の一曲になればいい、という一心で弾けているからこそ、こんなにも自分を表現できるんだ。

今の自分にできる最大限の演奏だ。彼女のように人の心を強く揺さぶることなんてできないけれど、咲葵ひとりの心に届かせることなら、できるかもしれない。そう思って無我夢中で奏でた。

演奏は、あっという間に終わった。

最後の一音を響かせると、その余韻を邪魔しないようにそっと指を離す。そうして体内に溜まった緊張を吐き出すかのようにひと息をつく。

この演奏は、彼女に届いただろうか。少しでも励ましになっただろうか。

『演奏、どうだったかな』そんな言葉を口内に用意して咲葵の方へ向き直ると。

——ただただ静かに、彼女は泣いていた。

涙を拭くでもなく、しゃくり上げるでもなく、鼻をすするでもなく、彼女は俺のほうへ一直線に向いていた。流れる涙を一切気にする様子も見せずに。

「咲葵……？」

「……ごめんなさい」

謝罪の理由がわからなかった。

瞬きひとつせずに、そうひと言だけ呆然と謝罪の言葉を呟くように言った。

「どうして謝るんだ……？」

「ううん、なんでもないの」

はっと意識を戻したように焦点を合わせた咲葵は、自分の頬に触れて驚いたように声をあげた。

「あれ……どうしてだろ」

顎の先まで伝う涙を手の甲で拭った彼女は、僅かに赤く腫らした目元をくしゃっとさせて優しく微笑んだ。

「ありがとう、羽柴さん。素敵な演奏だった」

「……どういたしまして」

咲葵の表情の変化の意味がわからなかったが、どうしてか踏み込むことが躊躇われた。日向咲葵という女の子の根幹を覗き見てしまう気がして、今の俺にはそれが許されないような気がして、言葉はすべて言いようのない不快感となって、魚の小骨のように喉元につっかえた。

「ほんとはね」

そう言って咲葵は俺の視線を射抜く。

「ひと目惚れしたって言われたの、すごく嬉しかったんだ。たとえそれがピアノの音色が魅せた理想の私だったとしても、あなたが慣れない恋という感情に対して恋していただけだとしても、嬉しかった」

彼女はいったいなにを言い出すんだ。

恋に恋するだなんて、なんて言いようだ。

「一緒にいてくれて、私のために辞めたはずのピアノを弾いてくれて、それは全部私のための行動だと思うと、とても嬉しい。だって私は——」

一瞬の静寂が横たわった。雨脚はさらに強まり、さざ波のような音を立てて地を打ちつけていた。

少し赤らんだ目元に再度涙を滲ませて咲葵は言った。

「——私はあなたのことをずっと見ていた。羽柴さんが私を見つけてくれる前からずっと、私は羽柴さんのことが好きだったんだよ」

× × ×

一夜明けても、雨は止まなかった。どうやら昨日から今日にかけては記録的な豪雨になるらしい。五年に一度の豪雨だとか。

【昨日から今日にかけて降っていている雨は、五年に一度の記録的な豪雨なんだって。そんなふうには言っているけど、五年に一度の豪雨とか、十年に一度の台風とか、そんなフレーズを毎年見ているような気がしないか？】

「……だめだ」

近況報告、世間話。そんな他愛のない会話をしようとメッセージを打っては消してを繰り返す。【咲葵】と書かれたトーク画面を、俺は今日何度開いただろうか。

『――私はあなたのことをずっと見ていた。羽柴さんが私を見つけてくれる前からずっと、私は羽柴さんのことが好きだったんだよ』

昨日の咲葵の言葉。この意味は結局語ってはくれなかった。まるで俺のことをずっと前から知っているみたいな口調だったことも、俺のことが好きだなんてことも信じられなかった。

それでも、その後に交わした彼女との会話は、考えさせられる内容だった。

『羽柴さんはきっと、私に理想を押し付けているだけ。恋に恋しているんだよ。実際興味があるのは私のことじゃなくて、自分の抱いた恋という感情だけ。知らないことを取り入れて自分の表現を広げたいだけなんだと思うよ』

『あなたはどこまでいっても演奏家なんだね』

彼女はそう言ったのだ。

意味がわからない。そんなことはない。そう訴えかけても咲葵は首を横に振って簡単にあしらった。

『羽柴さんは、恋という感情が知りたいだけ』

『そんなことは……だって俺はちゃんと君のことが――』

『ほらね、言えないでしょ？』

『……………』

胸中に仕舞い込んだ言葉が口から出ることはなかった。

『羽柴さんは、今まで好きとも付き合ってとも言ってくれなかったんだよ。なんでかって、最初からそんな意思がないからだよ。ひと目惚れっていうのは、私に対してじゃなくて自由に演奏する奏者に対しての感情だよ、きっと。羽柴さんがどうしようもなく憧れている姿に対する好意なんだ』

臓腑《ぞうふ》などをもろともすり抜けて、俺という存在の芯の部分を躊躇いもなく、穿《うが》たれたような感覚に陥った。

咲葵の言葉は、俺の中のなにかを壊そうとしている。

『そんなこと、ない』

それでも、俺は否定した。

咲葵を都合よく見ていたことを認めたくなかったし、初めて抱いた苦しみを伴う淡い感情を偽物だとは思いたくなかった。ただの憧れだけではないんだと、言ってやりたかった。

『じゃあ、私と付き合ってみる？　恋人として、ちゃんと隣に立ってくれる？』

それでも。

その問いに対して、結局俺は頷くことすら叶わなかった。なにも言えなかった。ただ、寂しそうな乾いた笑みを浮かべる咲葵に、言いようのない苦しみを覚えただけだった。

そして、最後に咲葵の言った言葉が、俺の脳内を埋め尽くしていた。

――過去に縛られて、自分を否定しちゃいけないよ。

溜息をついて、ベッドに身体を沈める。

窓の外に見える豪雨の激しさは、俺に外出を禁止し頭を冷やせと催促してきているようにすら感じられた。

咲葵の発言の真意が読めない。以前から俺のことを知っているような口ぶりだったし、俺の過去を知っているようなことさえ匂わせてきた。

咲葵の気持ちだってわからない。彼女は俺に対して好きだと言ったんだ。そんな素振り一度だって見たことがなかったのに。

俺の抱いた恋心が咲葵の言うように憧れに対してのものなら、咲葵の好きという気持ちはなんだって言うんだ。

そう何度も繰り返しては、答えが見えずに顔面を枕に埋める。

「あー！」

形容しようのない感情に呑まれそうになり、枕に向かって叫ぶくらいのことしかできない。

どうにか心を落ち着けようと、この間購入した文庫本に手を伸ばす。

映画は観たものの、原作はまだ読みきっていなかった。たしか、映画と小説では途中から物語が分岐して、違う結末を迎えるんだったか。

そうして俺は、他人の創造した物語に没頭することで、自分自身から逃避するのだった。

結局昼過ぎには本を読み終わり、手持ち無沙汰で呆然としていた。

「はぁ……」

何度目の溜息だろう。溜息をつくと幸せが逃げるとは言うけれど、そもそも幸せな人間は溜息なんてつかない。溜息をつく人間なんて、なにかしら不満や問題を抱えたやつが大半だ。もはや、俺が今日ついた溜息という名の幸せを、見知らぬどこかの誰かが吸い込んで、俺は間接的に誰かを幸せにしているのではないかとすら思えてきた。

そんなどうしようもなくくだらないことを考えていても、時間は一向に進まない。時間を気にしている人ほど時間の経過が遅いとは真理だろう。ましてや、なにか確信的なものを待ち焦がれているならまだしも、俺と言えば来るはずのない人からの連絡を無意味に待っているだけだというのだから、もはや救いようがない。

ひとりの時間に、決まった人からの連絡を待っていることが恋以外のなんだと言うのだろう。

本の内容も落ち着いた恋愛小説といった具合に綺麗に終えられたもので、そんな媒体は彼女に会いたいという気持ちを助長させるためのものでしかなかった。あのときのチョイスが恋愛小説だったことを、はじめて後悔した。

しかし、恋をしたところで、俺のその想いを成就《じょうじゅ》させるだなんて許されることなのだろうか。これまでひたすらに雫への贖罪をしてきた俺が、自分の幸せを求めてもいいのだろうか。そんな葛藤も俺の中には渦巻いていた。

そうして、長い時間を抱えたまま陽が傾くまで家でじっとしていると、とうとう投げ捨てられた俺の携帯が震えた。

そそくさと駆け寄って通知を確認する。俺の携帯にはほとんど連絡先は登録されていないので、連絡が来るとしても親か迷惑通知か彼女くらいのものだ。

そして画面には、咲葵、という文字が。

慌てて内容を確認すると、ある一文が書かれていた。それは場所を指定する文だった。

そこは、俺と咲葵がいつも落ち合っていた学校ではない、ふたりでは行ったことのないはずの、俺の思い出の場所だった。

間奏　愛の悲しみ

私は、今まで人に固執《こしつ》するということがなかった。

誰だってひとりでは生きていけないものではあるけど、その中でも私という人間は幼少期から自己が完結していた。自分自身が世界のすべてだった。

無愛想でうまく笑えない私には友達と呼べるような間柄の人はいなかったし、学校の先生も裏では私のことを面倒な生徒だと認識していることを知っていた。

そんな人間になってしまったのは、間違いなく両親が原因だった。

私が物心ついた頃には両親の不仲は致命的で、そんな両親が私を放任してしまうことはもはや避けられない道理だった。家庭では虐待、学校ではいじめ、なんて壮絶な目に遭っていたわけではない。誰もが私を空気と同等に扱っていたから、害なんて被った記憶はないと断言できる。

それでも、自分が幸福な人間でないことくらいは、間違いなく理解していた。理解してしまっていた。

私は期待されるという重圧をかけられることがなかった代わりに、褒められるという喜びを知ることができなかった。だからなにに対してもやりがいを見出せず、楽しいと思えることが限りなく少なかった。

「どうして生きているのかな」

幾度となくそう思った。

言わば、今までの私は生きているのではなく、〝死んでいないだけ〟と表現するに相応しい人間だったんだと思う。

だから、私にとってあの人の暖かみは、生きる意味にするだけの価値があった。

素の優しさを向けられたのも、褒めてもらえたのも、喜びや楽しさを教えてくれたのも全部あの人だった。

彼のおかげで私は音楽を知り、ピアノを弾くようになり、友人を得た。生きていたいと、〝生きている〟と思わせてくれたのは、全部彼の優しさからだった。

だから、次第に憧れ以外の感情を抱いてしまったのも、それは仕方のないことなんだと思う。

「こんにちは」

彼は目を細めて温かな笑みを浮かべてくれる。

高鳴る鼓動と零れ出る喜びをどうにか抑える。

「こんにちは」

なんとかして同じように挨拶を交わす。
四回目。
彼とこうして町外れの小さなコンサート会場で音楽を嗜んだ回数だ。
一度目と二度目は偶然だった。でも三度目は彼の行動を予想して会いに行くように
コンサート会場に入った。そして今回も、私は彼の行動を把握して偶然会ったように
繕った。
このコンサートの僅かな時間だけが、口実なしに彼と共有できる唯一の時間だった。
今日も、いつもと同じ曲目。町長の好みだという有名なクラシック五曲。そして、
名も知らない名曲が一曲。計六曲のこぢんまりとしたコンサートだった。それは不定
期に催され、大体の客層は地元の常連だった。
そんなコンサートに、彼は好んで足を運ぶらしい。曲目が単純に好みだとか。大人
しめの彼には似合うクラシックの名曲たちだ。
私もピアノを始めてから、インスピレーションを得るために足を運ぶようになった。
そして、彼と会ったときには、間にひとつ空席を置いて隣同士で座って音楽に浸っ
た。そこに会話はなく、時折聞こえる彼の息遣いが私の記憶の大半だったけれど、
会ったときと会場から出るときの挨拶が、私の日常の中の一番の楽しみになっていた。
それでも人間は強欲だから、それは私も例外ではなく〝もっと〟と望んでしまって

いた。四度目となる今日には、挨拶だけじゃ気が済まず、私はついに自ら言葉を投げかけることにしたのだった。

いつものように、音楽を聴き終えるとお互いに軽く感想を言い合って余韻に浸りながら、群青が増した空のもと「またね」と言って、次に会えることを期待して別れるはず、なのだけど。

会場を出て、彼が「またね」と言おうと口を開けた瞬間、主張の弱い私の精一杯の声が、おこがましいことに彼の言葉を遮った。

こうして彼を引きとめたことだけでも、私の人生における最上の努力だというのに、私はもっと欲が深くて傲慢なことを言おうとしていた。

「どうしたの？」

きょとんと彼が首を傾げるが、恥ずかしさと緊張のあまりその様子すらまともに見られない。

両手を爪が食い込むくらいに強く握りしめ、勇気を振り絞る。

彼は私の生きている意味だ。だから、この僅かな共有できる時間を失ったとしたらそれは大損害だけれど、もしも、私のほんの少しの勇気でそんな時間が増えるのだとしたら。

そんな成功した自分の姿を思い浮かべて、思い切る。

「次の日曜日！　最寄りの駅に来てください！」

言葉足らずなのはわかっていた。それでも、そう言い切るのが限界だった。

あとはどうにでもなれと、そんな気持ちだった。

連絡先を聞いておけばよかったのかもしれないし、もっと落ち着いて待ち合わせの詳細を言っておけばよかったかもしれない。でも、当時の私の人生経験からはそんな選択肢が存在するわけでもなく、言えたのはたったそれだけだった。

私は逃げるように、駆け足でその場を離れた。

背後から「了解」と聞こえたのが、都合のいい幻聴ではありませんようにと祈りながら。

第四章　微睡みの記憶

八月八日

黄昏時《たそがれどき》にはもう雨は止んでいた。記録的な豪雨とはなんだったのかと問いたくなるような呆気なさだった。

久しぶりの道を歩く。以前、ピアノをやっていた頃はよく通った道だ。左隣には妹の雫がいたことも未だに鮮明に思い出せる。

咲葵が指定した場所は、俺が数年前までよく足を運んでいた町外れにあるコンサート会場だった。昔、両親が連れてきてくれて以来、小学生ながらひとりで足を運ぶこともあり、常連客に顔見知りができるほどだった。

俺はそのコンサートが好きだった。町長の私的な嗜好で決められたお決まりの楽曲ではあったものの、それらの曲目はどれも落ち着きがあり、俺の演奏にも大きな影響を与えた。

それでも、妹が事故で亡くなってからは一度も足を運んでいなかった。

特に意識をしていたわけじゃない。それでも、俺は気がつくとあのコンサート会場に通ずる道を避けて歩き、雫の面影が残る町を住みにくい場所だと感じていた。

咲葵は、どうして俺をそんな場所に呼んだのだろう。

昔の姿が色濃く残る町並みを、苦しみを引きずって歩く。妹の死に直面させられているみたいで、震えが止まらなかった。

極力下を向いてどうにか進んでいると、やっと目的地を視界に捉える。

小さめのコンサート会場は、間もなく演奏が始まるというのに客足はまばらで、この賑わいのなさでよく長年続けていられるなと心配になるほどだった。それでも、そんな客足の少なさ故の静けさと暗めの場内が、落ち着いた曲目とよく合っていて好んでいたことを思い出す。懐かしさと苦しさが胸中に充満していた。

心細さを抱えながらコンサート会場に到着すると、真っ先に見覚えのある細身の女性のシルエットを確認した。

咲葵の姿を見つけることができただけで、今まで堪らないほど立ち込めていた不安はたちまち追いやられ、再会に嬉々としている。そんな自身の単純さに苦笑を零しながらも、彼女のもとまで歩を進める。

「あ、羽柴さん」

「うん」

「いきなり呼び出してごめんね」

「いいや、気にしなくていい」

むしろ君からの連絡を心待ちにしていた、なんて歯の浮くような言葉は当然言えずに、浮ついた感情を抑制しながら平然を装って返事する。

「でも、どうしてこんなところに呼び出したんだ?」

「あー、そうだね」

咲葵は少し言い淀むと、仄《ほの》かに照れ笑いを浮かべた。

「不安になっちゃって。もしかしたらこのまま羽柴さんに会えなくなっちゃうんじゃないかと思って。そう思ったらどうしても会いたくなって。でも、ちゃんと顔を合わせて会話できる自信がなかったから、ここに呼んだの」

「なるほど」

そんなのは俺だって同じだった。そう素直に言葉を紡げない自分に少し嫌気がさす。

「とりあえず入場しよっか」

「ああ」

咲葵は慣れた足取りでコンサート会場に入っていく。察するに彼女も常連のひとりなんだろう。

受付に行くと、気のよさそうな初老の男性が「咲葵ちゃん」と気さくに話しかけてきた。受付の人にも認知されていることに驚いていると、彼女は慣れた様子でチケットを購入しようとしていた。

「おじさん、二枚お願い」

「いつもありがとう。そちらは、彼氏さん？」

「あ、いえ……」

気まずい質問になにも言えず、軽く会釈をする。

「学校の先輩だよ。彼氏じゃなくて、私の好きな人」

「ああ、そうだったんだね、本人の前で咲葵ちゃんは大胆だなぁ」

「昨日告白したばかりだからいいの」

反応に困る会話を続けるふたりに対して、俺はさらに気まずさを募らせる。というか、昨日のあれ告白だったのかという、衝撃の事実が発覚していた。

ふたり分チケットを購入すると、会場に入っていく。静けさと独特な緊張感が立ち込めるこの空気は、コンサート会場特有のものだ。そんな空気を久々に肌で感じる。

「チケット代出すよ。いくら？」

「いいよ。私が呼び出したんだし。それに半額にしてもらってるから」

「そうなの？」

「うん。町長が若者にも音楽のよさを知ってほしいとかで、学生だとわかるものを提示すれば学割ってことで半額になるんだよ」

「そうなんだ」

そうは言っても、咲葵は学生証の類のものを提示していなかった気がするけれど。

「私は顔パス。一緒にいた羽柴さんにも学割を適用してくれたよ」

俺の思考を読み取ったのか、彼女はそう説明した。

「随分ここに通っているみたいだね」

「中学生のときからね」

だとしたら、俺も同じ時期に通っていたことになる。知らないうちにすれ違っていたのかもしれない。

ピアノの伴奏の手元が丁度よい具合に見えつつも、それほど近づきすぎない程よい位置に席を取る。昔来たときも同じような位置に座っていた気がする。

彼女が席に座ったことを確認すると、すぐ隣に座るのもなんだか変だと思い、間にひとつ空席を作る。

すると、その瞬間『こんにちは』という言葉が口から零れそうになった。次いで脳内がこの光景を知っているぞ、と訴えかけてくる。

これがデジャヴというものか。情景がフラッシュバックしたというほどではなかったので、気に留めないことにした。というよりは、隣の彼女が発した言葉が俺の聴覚のすべてを奪っていった。

「さっき言ったのは、本当だよ」

「さっきって？」

「昨日のは、私からの告白ってこと」

そうとだけ言い切った咲葵は、俺の気持ちなど気にしないとでも言うように前に向き直った。

その後、奏者の入場と共に乾いた拍手がまばらに聞こえ、意識は音楽へと切り替わった。

曲目は六つ。最初にドビュッシーの『月の光』から始まって、過去の偉大な作曲家たちが作りあげた名曲がこの会場を彩る。曲目はいつも同じで、だからコンサートであるにもかかわらずパンフレットの類はなかった。

静謐《せいひつ》な会場にファとラのフラットの和音で始まる一音が響き渡ると、たちまち場内はその音色と一体化する。水面に反射した月明かりをぼんやりと眺めている情景が脳裏に浮かびあがる。そんな静寂の中の儚げな美しさを音に変換したような演奏だ。

ふと隣を窺うと咲葵も同じように俺の方を見てきて、途端に視線が交わる。すると咲葵は薄い微笑みを浮かべてきて、それがまるで『ここに一緒に来られて嬉しい』なんて言っているみたいで、堪らず俺の鼓動は脈を打った。

コンサートという限りなく心を落ち着かせられるこの環境で、こんなにも鼓動が速まり気持ちが昂《たかぶ》っているのは、きっと奏者のピアニストと俺くらいなものだろう。

すべての演奏を聴き終えてひと心地つく。音楽を聴き終えた後の余韻を楽しむところまでが鑑賞だと俺は思っている。

隣で目を閉じてゆっくりと息を吐く咲葵も同じようで、お互いに言葉は交わさずにその余韻を楽しむという心地のよい沈黙が生まれた。

次々と客が退場する中、俺と咲葵は席から立つことなく、最後の一滴まで余韻を堪能した。そうして場内がふたりだけになったところで、ようやくその場をあとにした。

「今日の演奏は、四曲目が素敵だった」

会場を後にすると、もうすっかり夜の世界へと変貌を遂げた藍色の空のもと互いに感想を言い合う。そこにはすでに、最初の気まずさなんてなかった。

「ラヴェル、よかったな。俺も今日の演奏の中では一番いいと思ったよ」

そう賛同してやると、咲葵は小首を傾げた。

「作曲者さんの名前?」

「そう。ラヴェルといって、フランスの代表的な作曲家だ。さっきの曲は、彼の代表曲『亡き王女のためのパヴァーヌ』」

「亡くなった王女様のために贈った曲なのかな」

「どうなんだろうな。諸説あるけど、実際には本人にしかわからないと思う。いいや、もし彼が今生きていたとしても、本人ですらわからないかもしれないな」

そう言うと、彼女は不思議そうな顔をする。

「それはどうして？」

「ああ、ラヴェルは生前記憶喪失になってしまったと言われているんだ」

「記憶喪失……」

「そう」

咲葵はなにかを思いつめるように、記憶喪失という単語を呟いた。

「でも、そんなラヴェルだからこその、逸話があるんだ」

どこか寂しげな表情をする彼女の横顔を変えてやりたくて、俺はある話を始めた。

「逸話？」

「これは酷く客観的で、やっぱり救いのない話にはなるんだけど」

「うん、聞かせてほしいな」

「じゃあ。ラヴェルは、五十を過ぎた頃に記憶障害と言語障害を抱えてしまって、数ある偉大な作曲家たちの中でも、悲劇的な人生を送ったと言われているんだ」

「うん」

咲葵は神妙に頷くことで話の続きを促す。

「でも、ラヴェルは記憶喪失になってもなお音楽の魅力に惹かれ、言語障害で文字を綴れなくとも、その優れた聴覚で音楽を楽しんだと言われている。そんなラヴェルは、あるときひとつの特別な曲に出会うんだ」

ここからが話の佳境だと言うように、俺はわざとらしくひと息ついた。

「ラヴェルはその曲を聴いたとき、こんなにも美しい曲は聴いたことがない、と言ったそうだ」

「その曲って？」

咲葵は俺の望んでいた問いを投げかけてくれる。そのことに少しの満足感を覚えつつ話を続けた。

「『亡き王女のためのパヴァーヌ』。ラヴェルは自分の曲を、なにより美しい曲だと言ってのけたんだ。俺はその話を聞いて、心から格好いいと思った。今までの自分自身のことをなにより客観視して認められたんだから。未来の自分に認めてもらえるものを残せるというのが、堪らなく格好いいと思ったんだ」

「そうだったんだね」

俺の熱弁とは逆に、咲葵の反応は実に淡泊なものだった。あまり興味の湧かない話をしてしまったかと思い横顔を窺うも、耳に髪がかけられ露わになっている彼女の表情は至って真剣だった。

「私は、」

「どうしたの？」

彼女はなにか言いたげに、訴えかける眼差しをこちらに向けた。

「私は、羽柴さんにとっての、その曲のような存在になりたいな、って……」

意味が理解できない、曖昧な言葉だった。

「いいや、やっぱりなんでもない。気にしないで」

咲葵の追及を許さない物言いに、俺の口は閉ざされた。

けれど、俺はきっとこのタイミングでその言葉の真意を問いただしておくべきだったのだろう。

俺はまた気まずくなることを避けるべく、違う話題を吐いていた。

「今日は呼んでくれてありがとう」

ふと自然に零れたのは礼だった。この場所から、音楽から逃げていた俺を、もう一度導いてくれたのは咲葵だった。今でも妹への罪悪感は拭えないけど、やっぱり俺は音楽が好きだ、そう認識することができたのは彼女がいてくれたからだ。

「私は呼び出しただけだよ」

「それでも、咲葵が呼んでくれなければ、ここに来ることはもうなかったと思う。だから、ありがとう」

真摯に言葉を紡ぐ。

今まで人からの感情に極力触れないように意識して生活してきた。それには感謝という気持ちも含まれていて、そういった感情を真っすぐに向けられることが苦手だった。俺なんて……という諦めと罪悪感の混じった思いが、他人と心を通わせることを躊躇わせた。

そんな俺が、自分から真っすぐに感謝を述べている。純粋な気持ちを向けている。自分がそうできていることが嬉しかった。そして、こうして素直な気持ちを向けられる唯一の対象のことが、堪らなく愛おしいと感じていることに気がついてしまった。

つまり、俺はやはり日向咲葵のことが好きなのだ。

これまで抱いたことのない、こんな純粋で切実な感情を、俺は大切にしたかった。そして、こんな気持ちを抱けたんだぞ、と目の前の彼女に言ってやりたくなった。

なんてことのない街路を歩きながら、どう言おうかと思案する。けれど、どんな台詞《せりふ》を選んだところで気持ちのすべてを言い尽くせない。そう思ったら、もう単純な言葉でいいじゃないかと思えてきた。

目の前には街灯がある。そこまで行って、お互いの表情が見える中で面と向かって言ってこそ格好がつくものだとはわかっているのだけど、そんな数秒がどうしてかじれったくて、俺の中では言うなら今だという確信めいたなにかがあった。

「咲葵！」

ここまでちゃんと名前を呼んだことははじめてだっただろう。俺の脳内では、あらたまった態度に少し驚きがちに振り返る彼女の姿が想像されていた。

でも実際にはそんなことはなく、名前を呼ばれた咲葵は、振り返ると俺の唇を人差し指で制止した。少し困ったように申し訳ないといった顔をして。

「だめだよ。言わないで」

まるでそれは、俺の気持ちを理解しているようで。

それでも、今の俺にはそんな抑制なんて無駄なことだった。感情は理屈では語れない。常に最善の選択を模索し続けてきた俺ではあるが、そんな理念も棚にあげて、俺は咲葵に今抱いている感情を伝えたくて仕方なかった。

「いいや、言わせてほしい」

いつもとは違う、らしくない俺の強引さに、咲葵は驚きと動揺をその澄んだ瞳に浮かべる。口元は再び『だめ』という言葉の形を作ってはいたけど、それが音となって聴覚に届く前に、俺から言葉を発した。

「俺は、咲葵のことが好きだ」

言い淀むこともなく、はっきりと言い切った。聞こえなかったなんて言わせない。たとえ言ってきたとしても、何度だって俺はきみに好きと言おう。

「咲葵は、夏休みの間だけコンサート出場のための手伝いという名目で、俺が一緒にいることを了承してくれたけど、俺は夏休みが終わった後も一緒にいてほしいと思ってる」

そして、続けて好意だけでなく自分の願望すらも一緒に吐き出してしまう。今を逃したらもう言えない気がしたから。

例えば、今までもこれからも何度だって物事を選択する機会なんてあるだろう。それこそ、人生は取捨選択の連続だ。今までは自己防衛のための選択ばかりで、俺はそれを主眼に置いて物事を選択してきた。けれどこれからは、目の前で困った表情を崩して今にも泣き出してしまいそうな彼女と一緒にいられるための選択をしていきたい。だから、彼女と、咲葵と共にいるための最初の選択として、俺はこう言おう。

「俺と、付き合ってください」

なんでもない、ありふれた愛の告白。でもそれが一番だと思った。俺の伝えたい想いは、結局のところこの月並みな言葉に詰まっているのだから。

町外れの街路は静寂に満ちていて、俺の言葉が遠くまで響き渡っていった気がした。静寂に沈んでいくように、胸中に落ち着きが戻る。自分の口から放たれた言葉に多少の羞恥を感じたけど、それでも後悔はなにもなかった。

「うぅ……っ」

最初に聞こえたのは俯き加減な彼女の嗚咽だった。俯く彼女の足元には、街灯に反射して仄かな輝きを放つ雫が、地面に跡を残していた。

「咲葵……？」

「ううん。なんでもない、なんでもないの。ただ嬉しくって」

そう咲葵は言った。好かれたことが、告白されたことが嬉しくて泣いてしまったんだと。

「そんな直接告白されたらさ、断れるわけないじゃん」

それから一瞬こちらに顔を向けると、泣き顔を見るなと言うように俺の胸へと顔を埋めた。両手を背に回してきて、俺の身体ごと引き寄せた。そうしてから顎を俺の肩に乗せると、耳元で囁くように言った。

「私も羽柴さん、ううん……透。あなたのことが好きだよ」

その言葉を聞くと、自然と俺の腕も彼女の華奢な背に回された。

こうして俺と咲葵は、恋人同士になった。

×　　×　　×

ただ、あの一瞬見せた彼女の表情が、嬉しさからの涙ではないことがわかるくらいに彼女のことをもっと見ていたら、なにかが変わっていたのかもしれない。

朝目を覚まして、顔を洗って、朝食をとって、そうしたいつも通りのことをするだけで、心は晴れやかな気分になった。

柄にもなく口角が上がりがちで、鏡で自分の顔を見たときには、その間の抜けた表情を浮かべているのが自分自身だと一見わからなかったほどだ。

恋人ができた。

日向咲葵という名前の、少し派手だけど、俺には不釣り合いなくらい魅力的な子だ。

脳裏の端々に咲葵の存在がちらついて、俺の思考を度々愉快にさせていた。

でも、やはり過去に対する罪悪感は拭えない。自分がこんなにも幸せを感じてしまってもいいのだろうかと。その思考はどんなに浮かれた俺の頭であっても離れることはなく、拭いきれない汚れのようにこびりついていた。

俺の経験、根付いた罪悪感。それをすべて彼女に話してみようと思った。重たい男だと思って煙たがられるだろうか。でも、好意と罪悪感を両立させて付き合っていくなんて器用な真似を、俺にはできそうになかった。

以前のように、学校の音楽室に行く。今日は俺から咲葵を呼び出していたのだ。

少し早めに到着したけど誰かいるかもしれないと思い、一応ドアをノックする。

「………………」

数秒待っても返事がなかったので、俺のほうが先だったと判断して扉を開けた。

「――わぁっ!!」

音楽室に足を踏み入れるや否や、最初に視界に飛び込んできたのは両手を開いて威圧するような体勢の咲葵だった。どうやら早く来ていたらしい。

「…………」

押し黙っていると、彼女の頬が徐々に紅潮していった。

俺を驚かそうとしたのだろうその体勢を咲葵はゆっくりと崩していきながら、最後には顔を逸らした。

「なにか言ってよ!」

逆ギレだった。

「もう来てたんだ」

「もう来てたんだ、じゃないよ!」

「なにをしているんだ?」

「驚かそうとしたの!　わかるでしょ!」

見事な逆ギレだった。

「どうしてまた驚かそうと?」

「だって、付き合って最初のデートが音楽室なんだよ?　そんな面白みのない彼氏を少しでも驚かせてやろうと思って待機してたのに、全然反応してくれないじゃん」

「あ、それは……ごめん」

初デートに学校をチョイス、咲葵の目にはそう映ってしまったのか。それは全面的に俺の責任だった。自分のことしか考えていない浅はかな思慮を反省した。

「でもどうして驚かせようと？」

「……動画サイトで、彼女が彼氏を驚かせてるのがあって、それ見ていいなって思ったから」

咲葵なりに恋人として接しようとしてくれていたらしい。あれだけ浮かれていたのに、俺は恋人としてどうするべきかなんてまったく考えていなかった。そんな自分を恥じるばかりだ。

「まあ、どうせ透は反応悪いと思ってたけどねー」

不貞腐れたように、そっぽを向きながら咲葵はそう言った。そんな姿がどうしても愛おしく見えてしまって、笑みが漏れてしまう。そして、敢えて意識してるのだろう下の名前で呼んでくれていることも。

そんな俺の態度に、彼女はさらに口を尖らせて目も合わせてくれない。

「ごめんごめん。名前で呼ばれたのが嬉しかったんだ」

「名前？」

「そう、透って。恋人として意識して呼んでくれているんだなって」

昨日、告白したときも名前で呼んでくれた。きっとそのときからこの関係は始まったんだ。

「そういうことは、口にしなくていいの」

「でも嬉しかったから」

「ふーん、よかったですねー」

そう言って、不機嫌そうに言う咲葵の口元が緩んでいたことを見逃さなかった。

咲葵の表情に、もうコンサートのオーディションに落ちたときの影は感じられない。気にしていないようにすら見えたから、そのことに関して俺からなにかを言うことはしなかった。

「今日は、咲葵に話したいことがあったから、落ち着ける場所としてここを選んだだけなんだ。だから初デートに数えなくていい」

「ううん、理由はどうあれ透から誘ってくれたんだよ、だったらこれはデートなの」

「頑固だな……」

ボソッと呟くと、それに反応した咲葵から鋭い視線が飛んできた。

「聞こえてるからね？　じゃあ、帰りにどこか連れていってよ。軽い場所でいいからさ。そうしてくれたら、ちゃんと話を聞くから」

それじゃあ俺からではなく咲葵から誘っていることにならないだろうか、という疑問が湧いてきたが、気にしないことにした。咲葵の提案を断る理由はない。

「わかったよ。じゃあ、俺の話を聞いてほしい。そして、思うことがあればなんでも言ってほしい。これで別れたいと思ったなら、それでもちゃんと言ってほしい」

咲葵はピアノ椅子に、俺は窓の縁に腰をかけ、話をする体勢を整える。

「付き合って一日目で別れ話の可能性なんて嫌だよ。中途半端な気持ちで付き合ってるわけじゃないから、大丈夫。透はもっと恋人のことを信頼していい」

咲葵の力強い言葉を受け、俺は自分の抱える気持ちや体験談を話し始めた。

「ありがとう。じゃあ聞いてほしい」

口に出すのすら抵抗のある自分の体験談を、俺は思い出せる限り詳らかに話した。

でも、誰にも相談できなかったこの話を、一番大切だと思える人にできたことには、言い難い喜びと安心感があった。

「俺は二年前、交通事故に遭ったんだ。そのときに……」

咲葵は、沈痛な面持ちで俺の話を聞いてくれた。二年前に交通事故に遭ったこと、その事故で妹の雫を亡くしたこと、それから家族が素っ気なくなったこと。そして、事故のときに妹を助けられなくてずっと悔やんでいること、雫が経験するはずだったことを自分ひとりでのうのうと経験することに罪悪感を覚えたこと。

そういったことを全部、全部話した。

「…………」

聞き終えた咲葵は、なにも言わずに俺の前まで来ると、遠慮なんて一切見せずに俺のことを抱擁《ほうよう》した。

言葉はなかった。『辛かったね』なんて同情の言葉も、『これからは私がいるよ』なんて慰めの言葉もなかった。彼女は理解しているのだろう。俺の求めているものは形のない言葉ではなく、たしかな行動こそにあると。

抱擁したまま咲葵は俺の髪を梳くように頭をなでてくれた。年下の女の子にされていると思うとなんとも格好がつかないな、なんて考えてしまったが、抗《あらが》いようのない心地よさがあった。心が内から温かくなっていくような感覚が、むず痒くも心地よかった。

「じゃあ透は、この二年間友達と遊びに行ったり、恋をしたりすることもなかったってこと？」

抱擁を解くと、彼女はそう聞いた。

「そういうことになる。後者に関しては二年間というか人生において経験がないかな」

「そっかー、恋、したことないんだね」

少し寂しそうに言う。

経験豊富そうな咲葵からしたら、やはりこの年になって恋のひとつも経験していないのは寂しいことなのかもしれない。

「咲葵は、恋してきたの？」

こんなことを聞いたところで虚しくなるだけだとわかってはいたが、聞かずにはいられなかった。もしかしたら、したことがない、なんて言ってくれることを願って。

「んーまあ、あるっちゃある。でも想像しているほどちゃんとした恋愛はしてないよ。見た目ほど経験ない」

そうは言ってくれたものの、やっぱりあるのかと落胆せざるをえない。そんな俺の心情を察知したのか、咲葵は少し悪戯な笑みを浮かべた。

「安心して、透がはじめての恋人だよ」

聴覚の奥底に響く、酷く甘い言葉に聞こえた。咲葵のことを異性として意識してしまう。それは恋人として当たり前なのだろうけど、どうしてか悪いように思えて気が引けた。

「俺の経験を聞いて、嫌だとか別れたいとか思わないのか？」

「別れる理由にはならないよ。でも、恋人としてこれからどう対応していこうかって考えると、少し困っちゃうかな」

それは、俺の過去に対する罪悪感のことを言っているのだろう。どう罪悪感を刺激しないように付き合っていくか、それはかなりの難問のように思われた。

「妹さん、今度紹介してね。どういう子だったのか、ちゃんと知りたい」

「えっ」

真摯な咲葵の言葉は、俺の予想とは遙かに離れたものだった。

「嫌なら無理にとは言わないけど、そんなに透に大切に思われている妹さんなら、知りたくもなるよ」

「大切に、思われている……？」

「だってそうでしょ？　大切でなければそんな罪悪感背負わないだろうし」

大切、か……。自分の抱える罪悪感をそんなにいい方向に考えたことなんてなかった。彼女の考えは俺にとって思いも寄らない可能性を提示してくれているみたいで、新鮮で嬉しいものだった。

咲葵は結局、それ以上のことは言及してこなかった。俺の話になにか思ったことがあったかもしれないし、そうではなかったのかもしれない。けれど、それを話したことがマイナスになっているようには感じられなかったので、内心胸を撫で下ろす思いだった。

その後、咲葵は流すように少しピアノを弾くと、満足したのか場所を変えようと提案した。

学校から出て少し歩くと、落ち着いた雰囲気のファーストフード店を見つけた。すると咲葵は興奮気味に「ここに入ろう」と言い出したので、それに従うことにした。

手短に注文を済ますと、店内の隅の席に移動する。俺は電車でもどこかのお店でも、学校の教室でも、人との接触が少なそうな席を好んだ。

「じゃあ、こうして学校帰りとかに人とご飯食べに行くなんてこともしてないんだ？」

「うん、かなり久しぶりだ」

それこそ誰かとファーストフードを食べに来るなんて二年振りだろう。そもそも以前から友人は少なかったけど、それでも一緒に食事をするくらいの間柄の相手はいた。

「うんうん。私が透とこれからしていこうと思っていのは、こういうこと」

「こういうこと？」

思わず首を傾げながら鸚鵡《おうむ》返しで問う。

「今まで罪悪感でできなかったことを、私と一緒にしていくの」

彼女の言葉に、軽い眩暈《めまい》のようなものを感じた。

それは、罪悪感と付き合っていくのではなく、向き合っていくと、つまり咲葵はそう言っているのだろう。俺が二年間まったくできなかったことをこうも簡単に言ってのけるのだから、彼女には敵わない。

私がいるから大丈夫だよ、そう彼女の瞳が訴えかけていて、それが心から頼もしいと思った。

「私と、これから一緒に〝人生の清算〟をしよう」

「人生の、清算……？」

「そう、透が抱えてる罪悪感を、これからひとつずつ受け入れていくの。透の過去に関係する場所に行って、清算するの。そうして全部受け入れられたらさ、」

咲葵はそこで区切って、言い直した。

「あらためて付き合おう。透の罪悪感を克服してはじめて、本当の意味で恋人になれると思うから」

「咲葵……」

「一緒に乗り越えられない恋人なんて、いらないでしょ？　というか私が自分を認めない。乗り越えてはじめて、私は私のことを透の恋人だって認められると思うから」

ここまでの意志をもってくれていたのかと、驚きを隠せなかった。俺のことを考え、本気でどうにかしたいと思ってくれている。その事実が堪らなく嬉しかった。

「だから、それまで私と透は仮契約の関係。恋人としての仮契約」

「仮契約、か」

「そう。私もできることはするから、透も向き合ってみて？」

つまりそれは、罪悪感のひとつひとつと向き合えということだ。逃げ出してしまいたくなるような難問だし、言うなればそれは難解なパズルのピースを当てはめていくようなものだけど、でも咲葵が一緒になってそのピースを探してくれるなら、やれる気がした。

「わかった。ちゃんと向き合ってみるよ」

咲葵がちゃんと俺のことを考えてくれているのだから、最初から逃げ出さずに向き合ってみようと、俺は強く頷いた。


帰宅すると、ひと気のない真っ暗な静寂が俺を出迎える。いつものことだ。雫を失ってから両親はともに遠くへ仕事に行くことが多くなり、俺がいなければ自宅という空間はもぬけの殻になることが多い。時折どちらかの親が出迎えてくれることはあるけれど、それはいつだってゲリラ的だし、以前と比べるとどこか他人行儀な感じがした。

このように家族が散り散りになってしまった事実が拍車をかけて、家にいるといつにも増して罪悪感が膨れあがる。でも、この感情とは向き合わなければいけないんだ。

雫の仏壇の前まで行くと、ひと言話しかける。

「俺は、幸せになろうとしてもいいのかな……」

その言葉への返答はもちろんない。そして、その言葉にどうしようもない罪悪感を覚えてしまっていることもやはり事実だった。

亡くなった雫を差し置いて俺だけ幸せを目指してもいいものなのか、そんな思考がこびりついてなかなか取れそうにもない。

こうして俺が幸せを求めることは、果たして最良の選択なのだろうか。

家にいつもひとりだと湯を沸かす気にもなれず、シャワーで一日の汗を流すと、自室のベッドに体を沈めた。

天井の一点を凝視しながら、先ほど咲葵に言われた言葉を思い返す。

——恋人としての仮契約。

俺が自身の抱えるものを受け入れられるまでは、自分を恋人だと認められないと彼女は言った。すごい重荷を背負わせてしまったな、と思う。それでも、彼女は一緒にいる、隣にいると、そう言ってくれた。

いつでもそばにいるし、必要なことならなんだってする。そんな危うさすら感じるようなことすら口にしていた。あなたのためならいくらでも尽くすよ、そう言われているようで、それが俺という人間を肯定してくれているようで嬉しく思っていた。

そこで、咲葵に言われていたもうひとつのことを思い出す。それを携帯でメモしようと端末を取り出すと、そこには今ちょうど俺がしようとしていたことの催促のメッセージが届いていた。

【もしかしたら、忘れてるかもしれないからもう一度言っておくね。過去を清算するにあたって、後悔したことって考えなきゃいけない要素だと思うの。だから、大まかにでもいいから、昔後悔したことをリストアップしてほしい】

咲葵はいつも難しいことを言う。常に慎重に最善の選択をしている俺でも、やはり後悔したことは両手じゃ数え切れない。それこそ、今でも悔やんでいることはたくさんあった。

でも、それが必要ならと、俺は今でも記憶に残る後悔した事柄を、いくつか挙げてメモしていった。

間奏　亡き王女のためのパヴァーヌ

両親と疎遠な私ではあるけれど、それでも両親との思い出は多少存在した。

その数少ない思い出の中でも、唯一両親と私の三人で出掛けた場所があり、そこが私の一番の思い出の地となった。

視界一面が黄色に染まった、ヒマワリ畑。それが私の思い出の場所だ。

『ここがあなたの生まれた場所よ』

母親はそう言っていた。

当時の私には意味がわからなかったけど、きっと『あなたの居場所は家にはない』という親子としての決別の言葉だったのかもしれない。私は、この日から両親に名前を呼んでもらえなくなった。

それでも、私の記憶に保管されている思い出の中では最も輝いていた場所だった。両親自ら私を連れてきて、時間を共有してくれたから、ここは素晴らしい場所なんだという認識になった。

その後何度かもう一度ヒマワリ畑に行きたいと訴えたことがあったが、一度たりとも相手にしてもらえたことはなかった。結局次に足を運んだのは、電車の利用を覚え、ひとりでもそれなりに行動できる年齢になってからのことだった。

きっと私は、この地を自分の中で一番の思い出の場所だと記憶の中に保管しておきたくて、彼を連れていこうと思ったんだ。

記憶が脚色され風化され、あの地が嫌いになってしまう前に、彼との時間で思い出を上塗りして特別な思い出の場所だと認識を留めておきたかったんだろう。

朝八時、待ち合わせ時間を告げていなかったせいで、いつ彼が来てもいいように早めに最寄りの駅に向かった。

彼は来てくれるだろうか。来てくれたとして時間を無駄にしたと思われないだろうか、普段の私に幻滅しないだろうか、今日の服装は変じゃないかな。なんてことが脳裏に渦巻いて不安という感情を形作った。それでも。

「楽しみだなぁ」

ふと洩れた言葉が、一番の気持ちだった。

「なにが楽しみなの？」

そして、目の前には彼がいた。

「……っ!!」

「待たせちゃったかな」

少し心配そうに私の表情を覗き込んでくる彼。そんな視線に私は普段から俯きがちな頭をさらに俯かせる。

どうしようどうしよう。彼が目の前にいる。私の一方的なお願いを聞いてくれて会いに来てくれている。待ち合わせ時間を言ってなかったのに、来てくれるの早くないだろうか。ああ、なにか返事をしないと。

「えっと、ううん。今来たところ」

なに言ってるんだろう私。これじゃあデートの待ち合わせみたいじゃない、なんて身勝手な羞恥が込み上げる。

渦巻いていた不安は、たちまち緊張と動揺に変化して、私の胸中をさらに荒らしていた。

「ならよかった。待ち合わせ時間がどうしても思い出せなくて、待たせちゃいけないなと思って早めに来てみたんだけど。待ち合わせこんなに早かったの？」

「いいえ、あの、ごめんなさい……。待ち合わせの時間言うの忘れてしまって」

「そうだったんだね。じゃあ俺と同じように早く来てくれたんだ？」

「は、はい……」

私の返事を聞くと、彼は「そっかそっかー」と言いながら楽しそうに笑った。それが私ひとりのために向けてくれている笑顔だと思うと、胸の内から言いようのない幸福感が湧きあがってきた。

「今日はどこに行くつもりなの？」

「あの……えっと」

「着くまで内緒ってこと？」

「……それでもいいですか？」

「面白いね。いいよ」

こうして彼の優しさに触れる度に、私は充足感を覚え満たされていく。彼の音はいつだって私を満たしてくれる。彼のピアノは私の日常を満たしてくれたし、彼の声は私の心を満たす。

きっとこんな感情を、恋というのだろうな。そんな淡い気持ちを抱きながら彼の隣を歩く。

「それじゃあ、行こうか」

彼と一緒に電車に乗る。上り電車は学生と会社員でごった返していたが、それに比べて下りの電車にはほとんど乗客はおらず、貸し切り状態だった。

「都心の方じゃないんだね」

「はい。少し離れた場所です」

彼と少し間を空けて、椅子に腰を沈める。緩やかに出発した電車は人の少なさからか、いつもよりもゆっくりとした動きのように思えて、この電車も起きたばかりで少し寝惚けているのかな、なんて思ったりした。

そうして、ふたつ電車を乗り継ぎバスも経由して、やっと目的地に到着した。

幾度も足を運んだことのある場所だけど、そんな道中に彼がいるだけでいつもより随分と早く到着した気がした。

「花畑？」

彼の純粋な疑問に首肯《しゅこう》する。

「ヒマワリ畑なんです」

「夏っぽくていいね」

もしかしたら男の子は花畑になんて興味はないのかもしれないけど、彼は嫌な顔ひとつせずに楽しそうと目を輝かせた。

「私にとって特別な場所なんですけど、それをいつか特別な人と来たいと思っていたんです」

言ってからしまったと思った。口を滑らすにもほどがあるだろう。これでは告白されたと捉えられてもおかしくない。

「そうなんだね、じゃあ思い切り楽しまないと」

けれど、彼はなんともないようにそう言った。私の気持ちに気づいているのに敢えて言及してこないのか、それともなにも気づいていないのか。

背の高いヒマワリが幾千本も並び立つ壮大な光景に、彼は圧倒されていた。太陽の光を望んでいるかのように一心に上を向く花々は、夏の暑さを満喫しているようにすら見えた。

「すげー！」

そう言いながらヒマワリの間を駆け巡る彼の溌溂《はつらつ》とした姿は、ピアノを弾いているときの研ぎ澄まされた姿とは大きく異なっていて、知らない彼を知ることができたことに喜びを感じてしまう。

ひと通りはしゃいで汗と疲労を顔に滲ませた彼に、売店で買ってきたラムネ瓶を渡すと、「ありがとう」と言って、一気に飲みきってしまった。

空になったビンの中に、ビー玉がカランと音をたてる。

「ラムネも夏っぽいなー」

そう言ってひと息つく彼を見る。ラムネを飲み干した喉元や、シャツが捲られた腕、私より広い肩幅に、少し高い背丈。そんな異性を感じる要素を次々と見つけては、私の芯が揺さぶられるような高鳴りはさらに増して、この感情を伝えたいという意志を助長させた。

軽食とかき氷をふたりで食べて、彼の言う『夏』を満喫し、またヒマワリに囲まれた空間へ戻った。

昼前には着いていたのに、気がつけばもう日が暮れ始めていた。真上に昇って強い光を放っていた太陽は、西へと傾くとたちまち赤っぽい色へと変化して、私たちの世界に優しさを届けてくれている気がした。

彼は楽しかっただろうか。そう思っていると、同じようなことを彼が言った。

「今日、楽しかったかな？」

「えっ……？」

「俺さ、友達とかあまりいないから、そんな俺が女の子とふたりって大丈夫かなって心配してたんだ」

「いえ、そんな……。私はとても楽しかったです。むしろ私こそ、こんな場所に私とふたりで来て楽しいものなのかと心配で……」

「楽しかったよ。普段ピアノばかりの生活だから、こんな場所があるんだってことすら知らなかったんだ。だから、教えてくれてありがとう」

彼の言葉と、夕暮れの雰囲気が、私の心に色をもたらす。ずっと今まで人前で閉ざしてきた無色だった私の心は、今彼によって恋という色を得ている。

幸せだと思った。そして、これからもこんな幸せがあればいいなと願った。

あとは衝動だった。

「忘れているかもしれませんが、以前ピアノを教えてもらったことがあるんです」

「覚えてるよ」

彼の言葉の響きは、いつも私の心をほぐしてくれた。

「そのおかげで、私は変われました。毎日が楽しくなって友達もできたんです」

彼は薄く微笑むような表情で、私の言葉に耳を傾けてくれていた。

「えっと、だから、まずはありがとうございます」

「どういたしまして」

でも、私の言いたいことは、これではない。もっと深く、私の中心に根付いて離れない大きく燻る感情を吐露してしまいたい。

「でも、それでも。ありがとうだけじゃあなくって、その……」

言ってしまおう。もう耐えられない。この持て余した感情を曝け出してしまえ。そう思って、ぎゅっと手を握りしめ強く俯いて、言った。

「好きです……!!」

その言葉は、存外にすんなりと発せられた。

私の少し主張の強めな言葉がヒマワリ畑に響いた。その言葉は花と花の間を通り抜けて遠くまで届いた後に風に攫われる。そんな感覚があった。

風が通り抜けると、静寂が横たわった。

彼の顔を見るのが怖い。どう思われてしまっただろうか。目をきつく瞑って、さらに力を込めて手を握る。手のひらには爪が食い込み、痛覚が警鐘を鳴らしていた。

「日向咲葵さん」

発せられたのは、私の名前だった。彼には名乗ったことのない、私の名前。

「えっ……」

驚きとともに顔を上げる。

「向日葵が咲く、なんて名前の子が、下を向いてちゃだめだよ」

彼は、周りに立ち並ぶ空を見上げたヒマワリを指しながらそう言った。

「どうして私の名前を……？」

「人に聞いて知ろうとするくらいには、俺が日向さんに興味があったからだよ」

夕焼けに染まった彼の表情は、いつにも増して優しげな微笑みが浮かんでいた。

「正直、恋人とか付き合うとか、そういうのってよくわからないんだけど、でも俺はきみのことが知りたいと思ってる」

それは、なによりも私が望んでいた言葉だった。誰からも興味を示されてこなかった私が、最も憧れ好きになった人に知りたいと言われるだなんて。

「俺を好きだと言ってもらえて嬉しいんだ。だからこれからもこうしてどこかに一緒に行こう。よければこれを受け取ってほしい」

彼は「さっき売店で買ったものだけど」なんて言って、あるものを私に渡した。

「え、え……」

言葉にならない嬉しさが込みあげてきた。

自制ができなかった。吐露すればこの大きくて扱いに困る感情がどうにかなると思っていたのに、この感情を肯定されたことでさらに膨張しているようだった。

嬉しさと恥ずかしさと夕焼けで、真っ赤になった自分の顔を隠すために、私は彼に飛びついた。飛びついて、キスをした。彼はそれを拒絶しなかった。

彼がくれたものは、ヒマワリの花を形取ったピアスだった。きっとイヤリングと勘違いしたのだろう。中学生だった私の耳には当然穴は開いておらず、だから高校に入学する前の春休みに穴を開けたのはもはや当然のことだった。

彼があのとき間違えてピアスをプレゼントしてくれたから、それから私の身なりは派手になっていった。それも全部、ピアスに似合うようになるためだ。

しかし、そんなにも私に影響を与え、ピアスとイヤリングを間違えてしまうような抜けたところのある彼と、再びどこかに出掛けることは、その後一度もなかった。

第五章　夢のような日々

八月十日

「どうしてこんなところに来てるんだ……」

「そんな緊張しなくていいから」

咲葵に腕を引かれるように向かっている場所は、二年前まで通っていたピアノ教室だった。

結局彼女に言われるがまま、悔いが残っている場所をリストアップしたメモを送ると、彼女から【明日から色々な場所に回るから準備しておいて】とだけ返信があった。

彼女の言う清算というのは、過去の後悔に向き合って受け入れることを指しているらしい。そして、過去を受け入れてからはじめて現在《いま》と向き合えるのだと、そう言った。早く過去を清算して私と向き合ってほしいと言われているようで、柄にもなく彼女のためなら頑張ろうかという気にもなった。

けれど、最初から、足を運ぶことを長らく躊躇していた場所を選んでくるという咲葵の容赦のなさには溜息が洩れた。

二年前まで、十年近く通い続けたピアノ教室。今までの俺はこのピアノと、そして後に経験した後悔で形作られた人間だと言ってもいいだろう。こんなことを言ったりすれば咲葵はきっと『今もこれからも私がいるよ』と不服そうな顔をしてきそうなものだけど。そう思い横目で彼女のことを窺うと、ぴたりと目が合った。

「な、なに」

「私がいるよ」

驚いたことに彼女は俺の思考を読み取ったかのように、実に不服そうに唇を尖らせながらそう言った。

「きみはエスパーかなにかなのか？」

「違うよ」

「じゃあ、なに」

「透の彼女」

「……………」

彼女にはどうも頭が上がりそうにない。照れも赤面も隠して平常を装う。

それでも、こんなふうに誰かと軽快な会話をしていることに驚きを覚えながらも、それほど咲葵に対して気を許せているという事実に堪らなく嬉しくなる。

「なにニヤついてるの」

「咲葵の恋人になれたことが嬉しいんだよ」

素直にそう言ってやると、

「私のほうが嬉しいから」

そう言い返されてそっぽを向かれてしまった。けれどそれがなんだかおかしくて、クスッと笑みを零すと、それからふたりして噴き出して一緒に笑った。

こんなにも甘い感情を抱くなんて考えたこともなかったから少し動揺はしているけど、それでも幸せだと感じていた。幸せとはくすぐったいものなんだなと思った。

そうこうしているうちに、目的のピアノ教室に近づいてくる。ピアノ教室と言っても先生の自宅なのだけど、そこから聴こえてくる微かなピアノの音色が今は緊張感を伴う重圧のように感じられた。

雫を亡くしてから一度も来たことはないし、半ば逃げるように辞めた。そんな終わり方が気にかかっていたから後悔していることとして挙げたのだけど、先生も俺になんて会いたくないんじゃないかと考えると、足が竦んだ。

「ほら、行こ?」

咲葵が先導してくれることはとても心強いのだけど、予め連絡を入れて来たわけでもないから突然押し掛けるようで気が引けたし、今レッスン中で会えなかったりしたら意味がない。そんな言い訳ばかりを考えていると、咲葵は我慢できないとばかりにインターホンを鳴らした。

「ちょっと!」

俺の制止も虚しく、彼女の指は非情にもそのボタンを押していて、『はい』という規律正しくも穏やかそうな女性の返答があった。

「ほら、透」

インターホンのカメラの前に通されると、仕方ないという面持ちで口を開く。

「羽柴透、です……」

自信なさげな俺の声を聞くと、一瞬インターホン越しに息を呑み込んだような間隔があった後に、『少し待っていてちょうだい』と焦りを帯びた声音でそう言われた。

やはり突然押し掛けたのがいけなかったんだろうなと反省しながら、事の発端である咲葵を見やる。彼女もまた、なにかを考えているように難しい顔をしていた。

そうして数分待っていると、家の扉が開いた。

姿を現したのは、俺の記憶と違《たが》わない品のある四十代半ばの女性だった。

先生は俺の存在を確認すると、たちまち感極まったという感じで手を口元にやり、驚愕の表情を浮かべる。そのまま少し駆け足で俺の前まで歩み寄ると、その勢いのまま抱きとめられた。

「本当に透くんなのね……」

近くで聞こえた先生の琴のような懐かしい声は、すでに涙声になっていた。

「はい」

「ずっと心配していたのよ」

「はい……」

そうして俺も腕を先生の背に回した。

自分が心配されていたことが、迷惑をかけてしまっていたことが、身に沁《し》みるように感じられた。

「元気にしていた……？」

「……はい」

抱擁を終えると、遠慮気味に俺のことを窺ってくる。先生は俺になにがあったのかをある程度知っているので、どこまで踏み込んでいいのかわかりかねているのだろう。

先生は、幼少期から両親と同じくらい長く一緒にいた人だ。俺のことを心配してくれるのも、俺がずっと引っかかりを覚えていたのも、第二の家族のように思っていたからなんだろう。

口ごもった。言わなければいけないことはわかっているのに、それでも口はなかなか開かなかった。

過去と向き合うことも、先生と向き合うことも怖くて、俺は怯んだ。来たことを後悔し始めていたし、合わせる顔なんてないと思ってしまった。つい一歩、片足が後退する。そんなとき。

俺の背中を押してくれる手があった。『ひとりじゃないよ』と、そんな意味が込められた温かな手のひらが俺を押してくれていた。

そっと後ろを見ると、背中を押してくれている咲葵は再び『大丈夫』というように強く頷いてくれていた。

そう、彼女がいれば、俺は大丈夫だ。心の中で呟き、口を開く。

「妹……雫のことは聞いていますよね？」

「え、ええ」

俺がこの話題を極力避けていることすらも知っていたのか、こうして切り出すと先生はさらに驚きの表情を濃くした。

「無念でした。まだなにも割り切れていませんし、きっとずっと心の中では悔やみ続けると思います」

先生は俺の話を黙って聞いてくれていた。だから、そのまま続ける。

「今でもやっぱり、雫のことは言葉にするのも辛いくらい悔やんでいますけど、でもこうして今までお世話になった方に挨拶と近況報告をしに来ようと思えるようにはなりました」

俺の言葉を聞いて再度涙ぐんだ先生は、目尻を指先で拭いながらも「うんうん」と嬉しそうに頷いてくれた。

「そして、そう思えるようにしてくれたのも、今日ここまで来ようと提案してくれたのも、彼女なんです」

俺はそう言うと後ろに控えているひとりの女の子を紹介した。

先生の視線に合わせて背後を見やると、突如白羽の矢が立った彼女は少し驚いて見せたが、それでも動揺した姿は見せまいと緊張した面持ちで先生からの視線を受け止めていた。

「こちらは、お友達？」

そんな純粋な質問。普段だったら問われた咲葵が構わずに答えていたのだろうけど、今だけは俺がすかさず代弁した。

「いいえ、彼女は俺の恋人です」

そして、その純粋な返答に、先生は今日浮かべた中で一番の嬉しそうな表情を張り付けた。優しげに慈しむように微笑んだ先生の顔は、あの頃と変わらず、目尻にしわができていてその人柄を表していた。

「俺の相談にはじめてのってくれて、ここまで導いてくれた恋人です」

俺の紹介に彼女はぺこりと頭を下げて「透くんとお付き合いさせていただいている日向咲葵と言います」と自ら名乗った。まるで自分の親に紹介しているような緊張感だなと思ったけど、あながち間違ってもいないのかもしれない。

　返事をするように笑顔で会釈をした先生は、「日向咲葵さん……そう……」と、なんだか納得したように呟いていた。

「こんなところで立ち話もなんだし、上がっていって」

「いいですよ、俺は挨拶しに来ただけですし、もう帰ります」

「あら、遠慮なんてしないで。この後にデートの約束でもしているのならお邪魔してしまうことになるけど、よかったら上がっていってほしいの。まだまだ話を聞きたいし。それにほら」

　先生がそう言うと、家の中からはまだ拙くミスの多いピアノを弾く音が聴こえた。

「透くんに会いたがっている子もいるのよ」

　習っていた頃の後輩。俺の姿に憧れてピアノを始めた子もいたと記憶している。先生が言っているのはその子のことだろう。

　ここまで言われてしまうと帰りにくいものだなと思いながら、俺の一歩斜め後ろにいる彼女に目配せする。

「いいよ。むしろお邪魔させてもらおう」

　彼女の眼が『ちゃんと向き合え』と言っていたので、俺はそれに従うことにした。

「じゃあ、お邪魔します」

住宅街の中でもやや大きめの一軒家。外観と同じように内装も白を基調とした品のある家具で統一されており、奥の部屋に置かれた漆黒のグランドピアノとのコントラストが綺麗だった。きっと、家や家具を購入するときに、ピアノを置くことを前提に考えられたものなんだろうなと、俺はいつからかそんなことを思っていた。

「あの、このお家って、ピアノを置くことを決めてから買われたんですか？」

俺の長年の思考を彼女が代弁した。やはり彼女はエスパーなのか。

「ええ。そうよ。よくわかったわね」

「ピアノがとても映えるなと思ったので」

長年の疑問が解消したところで、レッスン室から少年少女計四人が顔を出した。先生は彼らをひとりずつ紹介してくれた。

憂慮《ゆうりょ》していたようにどうやら今はレッスン中らしい。本来であればレッスン中はインターホンのチャイムの音を切っているらしいのだが、今日はどうしてか切れていないままで、しかも来客が俺だったから相当に驚いたそうだ。

「これも神の思し召しかもね」

なんて、神様なんか信じていなさそうな彼女に言われたものだから、

「神というよりは、咲葵の思し召しだろうな」

と返したら、「なにそれ」と苦笑された。

「透お兄ちゃん？」

　俺と咲葵がそんなやり取りをしていると、近づいてきたひとりの女の子が俺のことをそう呼んだ。その呼び方に心臓がきつく跳ねた気がした。俺のことを『お兄ちゃん』と呼ぶのは世界でふたりしかいないからだ。数瞬、その片方、妹の雫の姿が想起されたのだ。

　けれど、亡くなった人が俺のことを呼ぶなんてことはなく、今俺のことをそう呼んだのは、もう片方の、俺に憧れて音楽を始めたという香音《かのん》という女の子だ。

「香音ちゃん、ずっと透くんのこと待っていたのよ」

　先生はそう諭すように言った。

　香音ちゃんは、先生からピアノを習っているわけではないのだけど、時折こうして遊びに来る近所の女の子だった。ピアノの才能があるのかは定かではなかったけれど、いつも子供らしい独創的な音楽を奏でていたから、むしろ咲葵のように好き勝手に弾いたり作曲に向いていると思っていた女の子だ。

　そして、いつからか、俺のことをお兄ちゃんと呼ぶ妹的な存在になった子でもあり、俺の記憶にも色濃く残っていた。

「香音ちゃん、元気にしてたか？」

「うん！」

その元気のよい返事は、まさに記憶通りの女の子だった。二年も経てば子供は成長してしまうもので、香音ちゃんも例外なく身長も伸びていたけれど、本質的な部分は変わっていない気がして、どこか安心感を覚えた。

それからは、先生と今までの話をしたり、咲葵が子供たちに演奏を披露してあげたりもした。もしもここに雫がいたらな、なんてことを感傷的に思っていると、度々投げかけられる咲葵の視線が、落ち込むことを許さなかった。

彼女の演奏を聴いた先生は目を丸くして驚いた表情を浮かべていて、彼女の表現力のほどに驚愕していたみたいだ。けれど、そこで『でも彼女のピアノ、全部独学なんですよ』と自慢げに耳打ちすると、もはや悲鳴のような驚きっぷりで、恩師の反応を見て楽しんだりもしていた。

気がつけば、俺は苦痛だとか、居づらいだとか、過去を思い出すだとか、そういった負の感情はほとんどなく、純粋に懐かしさを感じながらその時間を楽しんでいることに気がついた。

「ありがとう」

俺は彼女にこっそりと礼を言う。

彼女の言う過去の清算とは、つまりこういうことなんだろうと、そのときはじめて実感することができた。

陽が暮れて解散となる。

『またいつでもいらっしゃい』という先生の言葉に、素直な気持ちで『はい、また近いうちに会いに来ます』と言えたことが、今日ここに足を運んだ充足感を表していた。これも全部、彼女のお陰だと、心の内で感謝した。

こうして、俺は後悔のひとつを清算した。

×　　×　　×

「透がロリコンだなんて思わなかったなー」

昼間の人目につく電車内で、唐突に俺の恋人は問題発言をした。

「変なことを言わないでくれ。自分の彼氏に不名誉な称号を授けるな」

咲葵は、先日のピアノ教室へ行ったときのことを言っているのだろう。

いつからかこんな軽快な会話が〝いつも通り〟になった俺たちは、今日も過去の清算をしようと行動していた。

今日は、俺の青春時代で経験できなかったことをするらしい。青春という言葉ほど、曖昧なものはないと思うのだが、なんのことを言っているのだろうか。

「だって、小学生の女の子相手にあんなに鼻の下を伸ばしてたんだよ？　そりゃあもう立派なロリコンだよ」

「そんなことはないから。それで？　今日はどこに行くつもりなのさ」

「否定するのがまた怪しいー。青春を探しに、だよ」

「うるさい。だから、その具体的な場所を聞いているんだ」

目的地もわからず、俺は彼女に連れられて電車に乗っていた。昼前の眩しい陽射しが肌を焼くこんな時間からだ。つまりなにが言いたいのかというと、俺は朝から咲葵に電話で起こされたことを少し根に持っている、ということだ。

「場所か、具体的にはまだ決めていないんだけど。そう、私たちは今日、デートをするんだよ」

「デート？」

俺の間の抜けた問いは、軽く込み合っている電車内に微かに響いた。

外は暑いから危険だということを様々な観点から正当化して、それを咲葵に言って聞かせていたら、途中で折れたのか諦めたように都内の水族館に向かうことになった。

夏のうだるような暑さとは対照的に、冷房の効いた薄暗い屋内は実に平和的な空間だった。俺のような内向的な人間はこういった場所のほうが性に合う。

水槽に囲まれた室内は、外の陽射しが水槽内の水に反射して幻想的な光景を作り出す。そんな場所に咲葵もどうやら満足しているようで、魚などの生物にはあまり興味を示さずとも、この落ち着いた環境はお気に召したようだった。

「私、実は水族館ってはじめてなんだ」

「なら、来られてよかったじゃないか」

「うん。でも透に青春を経験してもらうのが目的なのに、私が楽しんでる」

「いいんだよ。俺だって恋人と水族館なんてはじめてだから。十分楽しめてる」

「うんっ！」

快活に笑って咲葵は頷いた。

彼女も出会った頃より随分笑うようになったなとつくづく思う。最初は無愛想な女の子だと思っていたのだけど、実はそんなことはなくて。派手な見た目ほどの口の悪さもないし、むしろ優しい子のように思える。

そんなことをしみじみと思いながらふたり並んで館内を散策していると、不意に彼女が立ち止まった。

「ねぇ、見てよ透！」

俺の腕を引っ張って、指し示す先には複数のペンギンが水中を泳いでいた。でも、それよりも俺の視覚を誘導したのは、指示されたペンギンではなく、彼女の耳元だ。

例の如くその茶色の長髪は耳にかけられていて、露出した耳たぶには小ぶりなヒマワリの形をしたピアスが光る。

俺の視線はそのピアスに釘づけになった。それを見た途端に意識が乖離するような浮遊感に襲われ、そして脳内から直接映像が送られてきた。

「…………」

「透？」

立ち並ぶ無数のヒマワリ。黄昏の夕焼け。目の前にいるひとりの少女。そんな映像がふと思い浮かんだ。

白昼夢《はくちゅうむ》というものだろうか。しかし、そんな映像に覚えはなかった。

「透？　透ってば」

「あ、ああ……」

咲葵の声で我に返る。先ほどまで浮かんでいた映像は形のないまま霧散《むさん》して、記憶することもままならないように消えていった。

「咲葵、ペンギン好きなんだな」

「うん、そうだけど……大丈夫？」

「大丈夫だよ。ほら、まだ見て回ろう」

「ならいいんだけど……」

そうして俺と咲葵は、ゆっくりと水族館を堪能した。その後も洒落たカフェに入ってふたりで軽食をとり、世間話に花を咲かせた。

それでも依然として脳裏の引っかかりは払いきれずに、どこか暈《ぼか》されているような違和感を引きずっていた。


「実は今日ね、花火大会があるんだって」

陽の傾き始めた頃に、カフェで発した咲葵の言葉。

「そうなんだ」

「心底興味なさそうな反応するね。それ普通の女の子にしたら嫌われるよ」

「俺の恋人は普通の女の子じゃなくてよかったよ」

「透のことを好きになるくらいだからね」

「そうきたか」

なんてくだらない会話をしていたけれど、実のところ俺はあまり花火大会という催しが得意ではなかった。いや、この際言ってしまうと苦手だった。人混みももちろんなのだが、あの花火の音が苦手だ。きっと幼い頃から音楽に傾倒《けいとう》してきた人なら共感してくれる人もいるのではないかと思う。

「それで？　咲葵は花火大会に行きたいってこと？」

「そんな嫌そうな顔をされると、行きたいなんて言えなくなるでしょ」

そんな嫌な顔をしていたのだろうかと携帯の画面に反射した自分の顔を見やる。そこには実に嫌そうな顔の男がいた。

「花火大会に行きたいってわけじゃなくてね、なんというか夏のデートって感じがするでしょ？　だから提案してみただけ」

「そういうことか、どうしてもというなら断りはしないけど、俺と一緒に行っても楽しくないかもしれない。それが申し訳ないんだ」

「じゃあ仕方ないね。私たちらしいことをしようか」

そう言って、俺たちが向かった場所は、海辺だった。

陽が落ちてきた海辺にはちらほらと人の姿が見受けられるけど、日中海水浴を楽しんだ人たちはおおかた退散する準備を始めていた。

咲葵が砂浜に向かっていくものだから、俺も彼女に並んだ。人の少なくなった浜辺を歩くふたりの影が地面に浮かび上がる。その影は俺と咲葵ふたりの距離感を表しているようで、そのふたりの間の空間が妙にもどかしくなって、俺は衝動的に彼女の手のひらを握った。

「なにっ!?」

「こっちのほうが恋人らしいかと思って。嫌だったなら謝る」

咲葵の驚きぶりに罪悪感を覚えて咄嗟に手を離す。

「ううん、嫌じゃない。むしろ嬉しい。いきなりだったから驚いただけだよ」

そう微笑むと、離した俺の手を次は咲葵から繋いできてくれた。

ふたりの先に伸びる影は、その距離をなくし手元で繋がり合っていた。その光景に胸中がむず痒くなる。これは幸せの感覚だ。

「恋人だね、私たち」

「ああ、恋人だ」

当たり前の事実確認をしてふたり揃って笑い合う。

幸せだった。咲葵がいれば俺でも幸せになれるんだと、そんな実感が湧いていることが堪らなく嬉しかった。

それから辺りが暗くなってくるまで、さざ波の音を耳に砂浜をふたりで歩いた。


近所のスーパーでたこ焼きや焼きそば、唐揚げなどの惣菜や手持ち花火を買って浜辺に戻る。夜の帳《とばり》が下りた浜にはもう人の姿はなく、波の音に乗った潮風が残り香のように漂う日中の暖かな空気を連れ去り、涼しげな夏の夜の顔を見せていた。

階段に腰をおろして、買ってきた惣菜を口に放り込む。

「茶色い食べ物って美味しいよね」

咲葵の言う通り、花火大会っぽいものをというコンセプトで選んだ品々は、同色のものばかりだった。

「たしかに。でも、そう言われると米や野菜がほしくなるな」

なんて言いながらもたこ焼きを口に含んで、その濃厚なソースとコクのあるマヨネーズが絡むジャンク的な美味しさに舌鼓《したつづみ》を打つ。

「でもこういうものを食べ歩きしていると、それだけで満足しちゃうんだよね」

そう言いながら、幸せという文字が顔にひっついているんじゃないかと思えるほど微笑ましい表情で唐揚げを頬張る彼女を見ていると、今度は屋台の出ている夏祭りに連れていってやろうと思った。

「ねぇ知ってる？」

「なに、豆しば？」

「あ、豆しば懐かしい！　じゃなくて、そんな露骨に話を逸らさないで」

いかにも枝豆から顔を覗かせていそうな表情で彼女がそう言うものだから、咄嗟に突っ込んでしまった。

「それで？」

「それでね、えっと。ああ、そうそう。たこ焼きと言えば、夏祭りの屋台とか関西とかを想像するじゃない？」

「まあそうだね」

「そんな関西の人ってね、一家に一台はたこ焼き機があるんだって！」

「そうなんだ」

まあ言われて驚くことでもない気がする。彼らはたこ焼きを日常的で身近な食べ物だと認識しているのだろうから、それを作る機材があってもおかしくはないだろう。というか、たこ焼きを作りたいと昔雫が駄々をこねていたことがあったから、もしかしたら。

「たこ焼き機なら、俺の家にもあるかもしれないな」

「えっ、ほんと!?」

やけに食いつきのいい反応を咲葵は見せる。憧れでもあったのだろうか。

「多分だけど」

「いいなぁ」

そんな呟きとともに恨めしそうな表情を俺に向けてくる。そんなふうに言われてしまえば返す言葉はひとつしかないだろう。

「……今度来る？」

「行く!!」

満面の笑みを咲かせてそう頷いた咲葵によかったと思う反面、こんな簡単に恋人を家に招待する約束をしてしまったことに、なんとも言えない気持ちになった。

「でも、家いつも両親いないけどいい?」

言ってからすぐにまずいと思った。そんな言い方ではやましい気持ちで言っているようにしか聞こえないではないか。

「あー、うん。いいよ」

訂正しようとその表情を窺うように彼女の方へ向くと困ったように笑った。

それはそれで邪《よこしま》な感情が自分にしかないみたいでどこかやるせない気持ちになってしまう。それでも彼女は本当に気にしていないといった様子で、食べ終えたプラスチックの容器をまとめると立ちあがった。

「じゃあ、花火、やろっか」

手持ち花火を持って。ワクワクといった表情を浮かべて。

そんな咲葵を見ていたら、今までのような思考を巡らせているのが馬鹿だなという気になって、彼女に倣《なら》って立ちあがった。

「そうだね。せっかくだから砂浜でしようか」

「もちろん」

買ったライターと水の入ったバケツを携えて、彼女の隣に並んでまた浜まで行った。

早速手持ち花火を取り出して、咲葵は俺の手からライターも奪い取る。一番上質そような手持ち花火を持って彼女はニッと笑った。

「さては咲葵、好きなものを先に使う派だな？　ご飯も好きなものから食べたり」

「だって先に好きなものを使ったり食べたりしたほうが安心じゃない？　その後にもしなにかあっても一番の喜びは知っていられるんだから」

「なるほどな」

神妙に頷いた。言われてみれば俺の後悔しない選択をするという心情にも合っている気がした。だから、俺ももう一本残っている上質な手持ち花火を取り出した。

「そう言う透は、好きなものを後に残すタイプなんだ？」

「まあな」

「ぽいぽい。そんな感じする」

「最初に楽しみを味わったら、その後のことに物足りなさを感じてしまいそうだろ」

「まあそれもわかるんだけどねー」

笑いながら「こういうところは全然合わないね、私たち」なんて言った。けれど、手持ち花火に限ってはそうでもないかもしれない。なんとなくではあるが、最後にする花火は同じものだろうと当たりをつけていた。

「でも、手持ち花火で最後にするのは同じなんじゃないか？」

「ああ、たしかに。じゃあ……せっかくだし声を揃えて言ってみよっか」

彼女がそれから「せーの」と言うものだから、俺も慌てて声を合わせた。

「線香花火！」

「線香花火だろ」

同じ単語で互いの声が重なる。どこか心地のよい感覚だった。

「だねー」

「だな」

「最後は線香花火でしんみりと終わりたいよね」

「ああ、それこそ夏の風物詩って感じがする」

「なんだかんだ線香花火が一番好き」

「俺もだ。結局好きなもの最後に残してるじゃないか」

「あ、ほんとだ。まあ私が言いたかったのは、人生において透ともっと早く出会っていたかったってことだから」

そんなことをさらりと言った咲葵は、勢いよくライターの火で手持ち花火を着火させた。そんな発言に置いてけぼりを食らった俺も花火を始めようと、ライターを寄こしてくれとジェスチャーした。

「じゃあ、はい」

そんな俺の要求に、咲葵は違う形で応えた。俺が火を求めると、彼女は着火した自分の花火を俺の花火に近づけてきたのだ。たちまちに俺の持った花火も鮮やかな火花を散らし始める。

けれど、そんな火を移す動作が、俺には特別なものに感じられてしまった。いわゆる、接吻。彼女のことを異性と意識し、恋人という関係に落ち着いていることで、俺は些細なことからそんな行為を想像してしまうくらいには年齢相応の男子だった。

そんな気持ちを抱えたまま、俺は彼女と花火を楽しむ。夜の海の水面に花火を反射させながら「綺麗だね」と共感し合ったり、一度に二本の花火を点けたものを両手で持って愉快そうに振り回す咲葵を見て和んだり。そんな〝恋人としていること〟を実感する度に俺の意識は加速した。これが彼女の言う青春の清算だろうか。

じゃあ、清算だと言うのなら、多少のことくらい許されるはずだと、都合よく考え始めている自分がいた。

ひと通り手持ち花火を消化して、残るは線香花火になった。ふたりして浜辺にしゃがみ込み、線香花火を片手に落ち着きを取り戻す。

「もう最後かー、ふたりだけだから十分かなと思ったんだけど案外すぐなくなっちゃうものだね」

「一度に二本使ったりしてるからだろ」

「まあそれもそうか」

悪びれる様子もなく楽しそうに笑う咲葵。純粋にこの時間を楽しんでいる咲葵に対してやましい感情を抱いているのが申し訳なくて堪らなかったけど、この持て余す感情への対応の仕方が俺にはわからなかった。

「最後、線香花火だね」

「ああ」

「定番だけど、どっちが最後まで火が落ちないか、勝負しよ」

「受けて立とう」

お互いに自信のある表情を浮かべながら、火を点ける前の、今までの花火より随分軽く細い花火を手に持ち直す。

「負けたら、相手のお願いをなんでもひとつ聞くってことでどう？」

「なんでもだなんて、大きく出たな。後悔しても知らないからな」

「透こそ、後悔しないでよね」

緊迫した空気が立ち込める中、俺はこの勝負に意味を見出していた。ずるいと思われるかもしれないが、先ほどから引きずっているこの持て余した感情をどうにかする絶好の機会だ。つまるところ、俺はこの勝負に勝って恋人らしい行為を望もうと思っている。

平等性を求めて同時に着火する。そのためにお互いの花火をひとつのライターの近くに寄せた。おのずと咲葵との距離も近くなって、その普段よりも大きく聞こえる息遣いなどに神経が引っ張られた。

勝負に集中しろと言い聞かせる。

「じゃあ、点けるよ」

「ああ」

こんなことにふたりして本気になって楽しめるんだから、つくづくお互いに大概だなと内心苦笑しながら、線香花火に火を点けた。

「…………」

「…………」

着火した線香花火には、小さい火種が膨らむ。それを守る手段として風を遮断するために手で周囲を塞ぐ。咲葵も同様のことをしていて、波の音しか聴こえないそんな薄暗い砂浜に、たしかな真剣勝負が繰り広げられていた。

ふと、集中している彼女に視線を向ける。そこには、無防備な恋人の姿があった。

どくっと心臓が跳ねた気がした。彼女を女性と意識すると途端に心臓の主張は強くなる。そんな動揺が身体に表れていないかと心配になって手元を確認すると、俺の花火はまだ生きていた。

そうして安心すると、再び吸い寄せられるように咲葵の姿に視線を向ける。黒のショートパンツに可愛らしいデザインが中央に描かれたシャツというシンプルな出で立ちだが、しゃがみ込むとその姿は妙に色気があった。

細く伸びる四肢はしゃがむことで露出の面積を増やし、シャツの胸元は前のめりになっているせいで広く開いている。長い睫毛は下に向けられていて、妖しく光る唇は俺のことを挑発しているようにすら感じられた。それが夜の海辺の暗がりで妙な艶めかしさを醸し出し、そんな姿には魔力が宿っているのではないかと思うくらいに俺の視線は釘づけになった。

「咲葵……」

気がつけば俺は勝負のことなど頭になくなっていて、目の前の愛おしい人への欲望に盲目になっていた。

俺は体勢を崩しながら咲葵の方へ身体を傾ける。

「集中してるから邪魔しな……っ」

突如彼女の言葉は途切れた。それと同時に、俺と咲葵の持つ花火の火種はほぼ同時に落下した。

「ん……っ!?」

彼女の驚きの混じった息遣いだけがその場にぼんやりと響いて、静寂を生んだ。正しくは、この数瞬の間だけ俺の聴覚には彼女の息遣い以外の音が感じ取れなかった。

俺は重なった彼女とやっと離れる。

唯一の光源を失った夜の浜辺に、さざ波が等間隔に波打つ音だけがやけに大きく聞こえた。

「なに、して……」

虚ろな眼差しを向ける咲葵の顔は、暗がりの中でもわかるくらいはっきりと紅い。

そんな彼女の弱々しい表情に、また衝動に駆られる。再び彼女と影を重ねた。

「ん……」

隙間から洩れる声が扇情的《せんじょうてき》で、俺の行動に積極性を帯びさせる。そんな俺を、彼女は拒んだりしなかった。最初こそ驚きはすれど、拒絶の姿勢は一切なく、そんな肯定的な感覚が嬉しくて、離れるのが名残惜しかった。

こうして、俺は夜の闇に紛れて、彼女と何度もキスをした。

恋人だという実感が、たしかにそこにあった。

×　×　×

油の跳ねる音と小麦粉が焼けていくような独特な匂いが部屋の中に充満する。

幾つも凹凸のある機械の上で、ひと口サイズの小さな球形を竹串でひっくり返して全面に火を通していく。ひとつひとつを丁寧に、綺麗な球になるように。

「お腹減った」

「そうだね。でも少し独特な匂いがするな」

「これがたこ焼きでしょ」

先日花火をしたときに約束を取りつけられた、俺の家でのたこ焼き会だった。咲葵曰くそれは口実で、本当のところは俺の家に来て妹の雫に挨拶をしたかったのだとか。恋人として挨拶がしたいし、なにより過去の清算をする中で最も重要な人物でもあるからだと。

そうして彼女は、俺の恋人として先ほど妹の仏壇の前で色々と語りかけるように口を開いていた。そこに俺が立ち寄っていては女子同士の邪魔をしてるみたいだと思ってしまうくらい、咲葵は目の前に雫がいるかのように話していた。だから、俺はその間にたこ焼きの準備をしていたのだ。

話し終えて俺のところに戻ってきた咲葵は、清々しい表情を浮かべていた。きっと妹に言いたいことを言えたのだろう。初対面でなにをそんなに話すことがあるのかと思わないでもないけど、いいと思った。

「透、もうよさそうだよ」

「ああ」

咲葵の言葉に従って焼きたてのたこ焼きを皿に移していく。様々な具財を中に入れたせいで見るからに危ない色味をしたものもあったが、それらにもソースとマヨネーズをお店のようにふんだんにかけてやるとちょっと見ただけでは見分けがつかなくなった。

「完成だね」

「食べたくないものもあったけどな」

「残すのは厳禁だよ」

「わかってる。ふたりで食べきろう。それで？　これはどうやって分けるんだ？」

咲葵は少し怪しげな笑みを浮かべると、「ひとつ名案があるんだー」と言った。そんなことを自信を持って言っている人の提案に、碌《ろく》なものはなさそうだけど、一応聞いてみる。

「名案って？」

「お互いにひとつずつ選んでさ、それを相手に『あーん』ってするの。面白いでしょ？」

やっぱり碌なことではなかった。恥ずかしいだけではないかと苦言を呈するが、しかしそれでは面目が立たない。と、そこで俺もいい案を思いついた。

「それは、自分が選んだものを相手に食べさせるということで間違いないか？」

「そうだよ」

上がる口角を隠せていない咲葵を見ながら、俺も内心で悪い笑みを浮かべた。

咲葵はおそらく『あーん』をして恥ずかしがる俺の姿を見たくてそんな提案をしているのだろう。だったら、俺はそれに乗じて問題のありそうなたこ焼きを咲葵に押し付けてやろうと思案する。作ったのはほとんどが俺だ。皿に盛ったたこ焼きの位置などほぼ把握している。いくつか食べたくないものはあったけど、一番の問題は表面がそもそも緑色だったやつだ。要は、わさびを主としたたこ焼きだろう。それだけは避けたい。

緑色のたこ焼きの位置を横目に見て目星をつける。

「じゃあ始めるか」

「私が言い出したから、透から選んでいいよ」

そんな余裕のありそうな態度を、今からわさびの辛さで崩してやると意気込んで目星をつけたたこ焼きを串で持ち上げる。そうして俺がひとつ選んだのを見ると、咲葵も迷う動作なくひとつを選んだ。

お互いの顔を見つめ合って、そうして抑えきれずに笑みが零れる。

「じゃあ、あーん」

「あ、あーん」

羞恥を忍んでお互いがお互いの口に、選んだたこ焼きを投下する。さて、咲葵はどんな表情を見せてくれるだろうか。そうにんまりと窺っていると、

「んー！　渋ぅー、あんま美味しくないこれ」

そう言った。

渋い……？　わさびを食べて出てくる反応だろうか、と考えながら俺も口に運ばれたたこ焼きを咀嚼《そしゃく》してみる。

「──んふっ!?」

突如、口内を通して鋭い辛さが鼻腔《びこう》まで駆けあがってくる。ひと噛みする度に、その辛さは増していく。涙目で彼女を見やると、両手で口元を隠しながら抑えきれないとばかりにクスクス笑っていた。

「な、なにをした……」

やっとのことで飲み込んで、なんとかひと言吐き出すと、俺とは違う意味で涙目になっている彼女は目尻を拭いながら噴き出すように言った。

「別になにもしてないよ？　私が食べたのは抹茶味で、透の食べたのがわさびだったってだけで」

そう言い終えると、おかしそうにまた笑い始める咲葵。これは最初から、彼女がこ

んな食べ方を提案する前から仕組まれていたことかもしれなかった。

「負けだよ、俺の負けだ」

降参とばかりに両手をあげるジェスチャーをした。

それからは、問題作を俺が食べきったことでその食事中にお互いが苦しむことはなかった。その途中途中に咲葵が思い出し笑いをして「お腹痛い」なんて苦しそうにしていたことを除けば、ではあるけど。

その後は、俺の部屋でのんびりと過ごした。

「なに断捨離《だんしゃり》でもしたの？」

「そんなことしてないけど」

「ここまで部屋になにもないほうがおかしいと思うけど。私の部屋は断捨離してもここまでにはならないよ？」

たしかに、咲葵の部屋には化粧用品や洋服が多そうだ。いつか彼女の部屋にも行ってみたいものだけど、俺からそれを言い出すことなんてないだろう。

「今度私の部屋に招待してあげよっか」

「…………」

「あれ？」

「咲葵は、やっぱりエスパーなんじゃないかと思うんだ」

「なるほどー、透は私の部屋に来てみたいって考えてたんだ？」

楽しそうに彼女はそう聞いてくる。俺の思考とはそんなにわかりやすいものなのだろうか。しかし、それは事実のため素直に頷く。

「じゃあ今度ね。楽しいところではないけど招待してあげる」

こうしてまたひとつ、未来への約束を増やしていく。咲葵が隣にいるだけで、今まで悲観してきた未来への想像が楽しみだと思えてくるものだから、恋心の影響力というのは本当に凄まじいものだとつくづく思う。

「じゃあさ、これから色々な場所に行こうよ」

咲葵は急にそう言い出した。

「なんて言うかさ、遠い場所にふたりで行って思い出をたくさん作るの。記憶としての思い出もいいんだけど、やっぱり記憶ってどうしても脚色したり風化したりする曖昧なものだからさ、物的な思い出を増やしていきたいなって」

「それはいいんじゃないか？」

「だからさ、このなにもない部屋を、ふたりの思い出のもので埋めようよ」

自分勝手で、そして随分楽しそうな提案だった。

「俺が嫌がることを考えないのか。俺の部屋なんだけど」

「でも別に嫌じゃないでしょ？」

「まあ……」

好き勝手されるというのがなんだか面白くないだけで、咲葵との思い出が形として残るなら、それはむしろ喜んで然《しか》るべきことのような気さえした。

「例えば時計とかさ、旅行先とかで買った物に変えてみたり。そうして私と透の思い出でこの部屋を埋めよう。カーテンでもいいし、ハンガーでもいいし、物はなんだっていいの」

「素敵だと思うよ」

「でしょう？　そうして、いつか同棲《どうせい》とかできたら、ふたりで暮らす部屋にその思い出たちを移動させるんだよ。そこまでが私の計画」

咲葵の語る言葉の端々には希望が詰まっているようだった。

未来への希望。それは俺がずっと抱くことのできなかった、自分には少しばかり眩しいと思っていたもの。

でも、彼女がこうしていてくれるだけで、そんな希望が内から徐々に湧いてくるようで、見えている世界が変わったような感覚だった。

それからは、携帯でクラシック音楽を流しながらふたりで行きたいところを出し合ったりした。

あとは、部屋に置いてある数少ないゲームを一緒にやってみたり、本棚に置いてあるおすすめの小説なんかを紹介したり。

咲葵といるだけでまるで体感時間が短くなったようだった。こんなにも陽が暮れるのは早かったのかと。彼女と時間を共有しているときに限って時計の秒針の進む速度が増しているのではないかと、本気で思ってみたりもした。

そうしているうちに、窓の外はすっかり暗くなっていった。

結局ゲームにも飽きて手持ち無沙汰になった俺たちは、ふたりしてベッドに座って最近流行っている音楽を聴いていた。別にすることはなかったのだけど、『家に帰る』といった類の言葉は一度たりとも発されなかった。むしろ、離れたくない気持ちが増しているくらいだ。

音楽を聴いているという名目でふたりは時間を共有していたけど、お互いに視線を送り合って意識していることは理解していた。時間が経つにつれて視線が交わる回数も増えていく。その度に俺の胸中は熱く燻ってしまっているような感覚に陥った。

ついに目が合って、お互いにそれを離そうとはしなくなった。音楽が邪魔だと感じ始めると、曲が終わっていないまま都合よくその音楽は途切れた。

静寂が張り詰める。鼓動がやけに大きく聞こえ、聴覚は彼女の息遣いに集中した。

最初に口を開いたのは咲葵だった。

「透の家って、ご両親いつも帰ってこないって言ってたよね？」

それは以前、花火をしたときに口から出た失言だった。

「あ、ああ。今日は帰ってこないはずだ」

「そっか」

それから言葉はなくなった。言葉を発する必要はないと互いが理解していた。

俺は彼女のことをエスパーだとか言っていたけど、今の彼女ならなにを求めているのかが手に取るようにわかった。そしてそれはきっと咲葵も同じはずだ。

そうして、互いに引き寄せられるように、互いを求め合うように、唇を重ねた。一度、二度、そうして回数を重ねていき、徐々に深さも増していった。

誰にも憚《はばか》られることなく、時間にも空間にも許された口づけは、以前よりもずっと濃厚で、ずっと心地よかった。

相手の表情がわかるくらいの距離まで一度離す。そうして上気して紅くなった顔を見つめ、次いで抱きしめた。

もっとふたりの空間に浸りたくて、今度は照明の眩しい光が邪魔だと思った。するとどういうわけか、その瞬間に音もなく照明が落ちた。停電だろうか。理由はどうでもよかった。ただ、都合よく物事が運び充足感だけが満ちていく感覚があった。

もう今は、腕の中の咲葵のことしか考えられなかった。

そうしてもう一度、たしかなキスを交わした。

×　×　×

今までに感じたことのない手応えがあった。悲観的だった自分の日常が鮮やかに色づき、見える世界が変わった気がしたのだ。今まで目に留めなかったような道端の花々や、空の青さに気づくようになって、俺の心には余裕が生まれていた。世界はこんなにも鮮やかだったんだ。

彼女が隣にいれば、そんなふうに希望が持てた。今まで引きずっていた罪悪感などの負の感情をすべて払拭《ふっしょく》できたわけではないけど、咲葵というひとりの女の子とこれからの未来に向き合おうと、そんな前向きな姿勢になりつつある。

「ふぅー、夕方になっても暑いね」

「夏だからな」

ふたりでスーパーに行って買い出しを終えて俺の家に帰る。あの日から、咲葵は俺の家に頻繁に来るようになった。基本的に行動の拠点のようになっていて、過去の清算という名目で足を運んだ場所で買った品々が、俺の部屋に次々と数を増やしていた。

「というか、私の両手が荷物で塞がってるんですけどー。透の手はなんのためにあるんですか」

「はいはい」

彼女の持つ荷物を全部奪おうとすると、咲葵はそれを拒否した。

「荷物を持ってということじゃないのか?」

「半分だけ持ってほしいの」

「それはまあ、いいけど」

全部持ってやるのに、と思いながらも半分の荷物を受け取る。すると、それを確認した咲葵は、俺に荷物を持たせたことで空いた自分の片手を、荷物を持っていないほうの俺の手に繋いできた。

「透の手は、私と繋ぐためにあるんだから」

恋人としての姿が板についてきた咲葵は、恥ずかしげもなくそんな言葉を言った。

俺はたしかに満たされている。彼女と、彼女のいる時間に、満足していた。もうこれ以上なにもいらない。これ以上はなにも望まないから、この幸福がずっと続いてほしいと思った。

彼女と出会った夏休みは俺の人生の中で一番過ぎ去るのが早い一カ月だったように思える。八月はあと一週間、清算すべき事柄は彼女が言うにはあとふたつ。

夏の終わりが近づいていた。

「ただいまー」

もはや自分の家だというように、遠慮もせずに彼女は俺よりも先に家に上がる。そんな姿に苦笑しながら「もし両親が帰ってきていたらどうするんだよ」なんて軽く悪態をついて彼女の背を追う。

キッチンで買ってきた食材を取り出して、調理を始める咲葵。ここ最近ではキッチンの勝手までも覚え、ふたりで料理することがしばしばあった。両親がほとんど帰ってこない俺は、自然と自炊するようになり料理の心得はあったし、咲葵もまたその派手な見た目に似合わず家事全般をそつなくこなしていた。

高校生の恋人同士で料理を一緒にすることなんてなかなかないだろうと、誰に対してか定かではない背徳感を覚えながら、今日は彼女の補佐を務めるように料理を進めていった。

卵を贅沢に使ったオムライスを食べ終えると、俺たちはまたふたりで部屋にこもっていた。

静かでふたりだけの空間になれる自室は、今となっては自分の居場所だった。今まては自宅という空間を苦手としていたけど、咲葵という存在がいるだけでその認識は丸っきり変わってしまうほどだった。

ふたりしてオムライスの出来を評価していると、咲葵は唐突に切り出した。

「いきなりなんだけど、聞いてもいいかな。雫ちゃんのこと、なんだけど」

俺に対していつだって遠慮のない咲葵ではあったけれど、こと妹の雫の話題を出すときだけは決まって躊躇いがちだった。

どことなく真剣な空気を察し、俺も正面から彼女の言葉を受け止める姿勢を作る。

「いいよ。なんでも聞いて」

「私なんかが立ち入っていいことじゃないのはわかっているんだけど……あの、雫ちゃんのお墓って……」

それはきっと今まで気にしていたのだろう質問だった。過去を清算すると言って行動してきているのに、今まで一度も雫の墓参りには行っていなかった。それは言ってしまえば不自然なことだ。以前と変わった心構えで墓参りしてこそ、過去の清算と言えるだろうに。

でも、それはできなかった。できない理由があった。

「雫の墓は、ないんだ」

「ない……」

そういうことだった。

両親は雫が亡くなってからさらに遠くへ行く仕事を増やしたから、墓の管理の問題もあったし、俺ひとりで雫の墓をどうこうするのは金銭的に厳しいという理由もあったが、なにより、家族がひとりとして雫の死を受け止めきれていないということが、最大の理由だった。墓があるということは、その人の死を受け入れているという意味だと、そんな共通の認識があった。

「ああ、俺の家族はこうして疎遠になってしまっているし、俺ひとりではどうにもできないんだ。それに雫の死を受け止めきれていない両親に、墓を建ててくれなんてことは、酷《こく》すぎて言えなかったんだ」

「そっか……」

咲葵は神妙に頷いた。それは悲しんでいるようでもあり、けれどどこか納得したようでもあった。その口元は『やっぱり』と開かれていた気すらしたほどだ。さすがに気のせいではあるだろうけど。

「言いづらいことを聞いてごめんね」

「いや、いいよ」

俺のために、常日頃から咲葵が色々と考えてくれていると知っていたから、なにも言うことはなかった。俺に話せることであればなんだって話そう、そう思っていた。

「お手洗い、借りてもいいかな」

「ああ」

咲葵は、その場の気まずさに耐えかねたようにそう言い出した。少し離れて落ち着こうという提案に聞き取れた。

彼女がくれた時間に、俺も戻ってきたときには気まずくないように顔を合わせようと、心に余裕を作ろうと意識する。

雫の話が出ると、いつも気まずい空気が流れてしまうのは、いつかどうにかしなければならないことだと思っている。

そう、半ば反省的な思考を巡らせていると、視界の中にある物が映った。

それは咲葵がいつも大事そうに持ち歩いている携帯電話だった。二台持ちの彼女は、片方の携帯では写真を撮ったり電話していたりと、その端末の機能を十二分に使っているのだけれど、いつも大事そうに持っているだけで俺にもなかなか見せてくれないほうの携帯が、今目の前にあった。いつもならどこだろうと持っていっているはずなのに、先ほど気まずい空気から焦って出ていってしまったせいで忘れたのだろう。

俺の興味はその端末に集中した。

別になにかを怪しんでいるわけではない。咲葵を心から信頼しているし、ここ最近ではいつも一緒にいる彼女に疑いの余地などないことは俺が一番わかっていた。

でも、だからこそ気になった。彼女がなにを大事にし、なにを俺に隠しているのか。

思っていると、注目していたその端末が、僅かに振動した。なにか新着のメッセージを受信したときのような振動音だった。

好奇心を盾に、その端末を手に取った。

「……なんだ、これ」

ホーム画面には中央に【175：27】という時間のような数字が見て取れた。他にはメッセージボックスのようなものの表示しかなく、アプリのひとつもインストールされていない。少して再度数字を見てみると【175：26】。数字が減っている。

試しに自分の携帯と見比べてみると、自分の携帯の時間の分単位の部分が一分増えると、逆にこちらの数字は【175：25】になった。

「まるでタイマーだな」

そう思った。もしくは、タイムリミットのようだと。

得体のしれない端末に興味が湧いて、人の携帯を覗くものではないだろうと思いながらも、そのメッセージボックスのようなものを開いてしまう。

そこには【コンサート】と書かれたフォルダがあった。そのフォルダも恐る恐る開いていく。すると、件名に例のコンサートホールでいつも演奏される曲目が表示されていた。上から順に【月の光】【悲愴】【愛の悲しみ】【亡き王女のためのパヴァーヌ】【別れの曲】の五つ。そして最後には【――――】という名前のない欄がひとつ。計六つのメッセージ欄があった。

「………」

そのまま、一番上の『月の光』をタップする。

すると、そこに表示されたのは、文字の羅列だった。文章とも言える。日記、というよりは小説に近いのかもしれない。

その文の書き出しは、このように始まっていた。


【――彼をはじめて見たのは、中学校に入学してすぐのことだった。

集会では度々全校生徒の前で校歌の伴奏をこなし、ある日には朝会でなにかの賞状を受け取っていた。私よりひとつ年上の彼は、私が中学校に入学した時点ですでに校内の有名人だった。

彼はピアノが上手で、どんな曲だって人前で簡単に弾いて見せていた。そんな堂々とした姿が格好よくて、心が和む彼の奏でる音楽が好きだった。たちまち彼は私の中での憧れの人となった】

一人称の小説だと思った。ウェブ小説を読んでいる感覚に近い。

その後も一人称で話は進み、主人公と思われる女の子が、憧れの男の子に偶然出会い、それから接点を持って距離を縮めていくという、どこにでもありふれていそうな話だった。

しかし、読み進めていくうちに不思議な感覚に襲われた。文字として書いてあることを、実際に体験しているかのように感じられたのだ。

途中で女の子と男の子が小さなコンサートに行って音楽に浸っている場面が登場したかと思うと、実体験しているような感覚どころではなく、いつかも見た白昼夢のような映像が脳裏に流れた。

その妙な感覚に違和感を覚えながらも、夢中になって読み進めた。そのせいだろう。部屋に戻ってくる咲葵の足音に気がつかなかったのは。

俺が『亡き王女のためのパヴァーヌ』という四つ目の話まで読み終えたところで、丁度部屋の扉は開かれ、立ち尽くす咲葵の姿があった。

「透……？」

彼女の視線は俺の手元に注がれ、その瞳は大きく見開かれていた。身体は僅かに震えているようで、そこにはなにかに怯えた咲葵の姿があった。

「見ちゃったんだね……」

「……この携帯は、なに」

咲葵は一拍をあけて、敢えて一度静寂を作り出すことで俺に次のひと言を聴きやすくした。そうして、そのひと言を告げた。

「もしも、過去の選択を変えられるとしたらどうする？」

と。

「――もしも、この世界にタイムリミットがあるって言ったら、どうする？」

と。

間奏　別れの曲

唐突で、一瞬の出来事だった。

瞬き程度の時間で、人の運命が変わってしまうことがあるのだと、そんな理不尽を目撃した。どこにでも零れていそうではあるけれど、それでもどこまでも凄惨《せいさん》な光景だった。

それは、彼と向日葵畑に行った数日後、いつものようにコンサートに行って、偶然を装って会った彼と並んで帰途についているときのことだった。

「妹さん……？」

「そう、妹。今ヴァイオリンの練習終わったらしくて途中で落ち合うんだけど、日向さん、妹と会ってみる？」

『日向さん』と憧れの彼に名前を呼ばれているだけで胸の内がきゅっと縮こまるように息苦しさを覚えてしまう。でも決してそれは不快感などではなくて、心地のよい高鳴りを孕んでいた。

しかしそれどころではない。憧れの人の妹、つまりご家族とお会いできるチャンスが突然訪れてしまったのだ。緊張で戦慄《せんりつ》しつつも、飛びあがるほど喜ぶべきことだ。

そんな機会を逃すほど卑屈ではなくなった今の私は「会ってみたいです！」と素直な気持ちを伝えることができた。

「ならよかった。実はすぐ近くのカフェで待ち合わせをしているんだ」

そういう彼は、それからの道すがら妹の雫さんの話を聞かせてくれた。

年齢は彼のふたつ下、つまり私のひとつ下だということ。ヴァイオリンを習っていて、兄である彼とふたりでステージに立って演奏することが夢なのだということ。仲がよく、ふたりで買い物に行ったりすることもあるということ。

大半が彼と雫さんの仲睦まじい兄妹の話ではあったけど、それでも私の知らない彼のことを本人の口から教えてもらうというのは嬉しいことだった。そんな雫さんの立ち位置を私が奪ってやりたいという妬むような感情もあったけれど、恋を自覚している私としてはそれはもはや当然の感情だと受け入れることができた。

また、仲がいいからこそ『この人はお兄ちゃんの彼女さん？』なんて聞かれることを妄想して、対面することを仄かに楽しみにしている自分すらいた。

そんなふうに、彼と私が道をただ歩いていることも、彼が兄妹の自慢話をしていることも、それを私が微笑ましく聞き耳を立てていることも、私が彼のことについて妄想を膨らませていることも、すべてが日常におけるひとコマだったはずだ。

なんの変哲もない。言わばいつも通り。私の望んでいた彼のいるいつも通りだった。

――じゃあ、なにがきっかけだったんだろう。なにが悪かったんだろう。私がなにをしたというのか。彼がなにをしたというのか。雫さんがなにをしたというのか。きっとなにをしても起こりえたのだろうし、なにをしなくても起こりえたのだろう。ただ起こるべくして起きただけで、そこに運も偶然も善意も敵意も悪意も、なにも干渉なんてしていなかったはずだ。そこに選択肢なんて存在しなかったはずだ。

そこにあったのは、事実だけで。

「あれ、雫だ」

彼がそう零すと、横断歩道の先にひとりの小柄な女の子が見えた。私と同じ中学の制服を着てて、背には大きめのなにか――おそらくヴァイオリンが入ったケース――を背負っている。その女の子は、横断歩道の先でこちらに見えるように片手をあげて大きく振っていた。

彼のように落ち着いている人だと思っていた私には、そんな快活な行動をすることが意外に思えた。

赤信号を待っていると、隣の彼も、横断歩道の先の雫さんも、再会できた喜びで頬が緩んでいるみたいだった。そんな素敵な家族がいることへの羨ましさを胸に秘めながら信号が青に変わるのを確認する。直後には停止していた信号待ちの周り数人が動き始めて、私も彼と一緒にそれに紛れた。

――そのときだった。

言いようのない違和感を覚えた。第六感なんて信じてはいないけど、それに近しい感覚だった。そんな感覚が警鐘《けいしょう》を鳴らしていた。

視界の先には我先に信号を渡ろうと、駆け足で寄ってくる雫さん。そして、ふと視線を左に向けると――。

「危ない……っ!!」

その声は私のものか、彼のものか。

雫さんに接近する速度を緩める様子のないトラックを見るや、私も、そして隣にいた彼も、直感的に走り出していた。

その後のことは、あまり記憶にない。強い衝撃と、鈍い痛み、それだけが私の感覚のすべてだった。

その感覚も直後には、意識とともに手離した。

ただ、衝撃に襲われる寸前、それとは違う衝撃が、私の肩を突き飛ばしたことだけは、やけに鮮明に記憶されていた。

×　　×　　×

次に目を覚ましたのは、病院だった。

病院の人が、目覚めた私の前に次々と顔を出しなにかを言っている。次第に面倒くさそうな表情をした両親が代わる代わる病室に入ってきたり、途中警察の人も顔を出していた。しかしその誰とも会話した記憶がなかった。そのくらい曖昧なやり取りしかしなかったのだろう。

私はひたすら「彼はどうなったのか」と、そればかり発していて、そしてその問いに答えてくれる人はなかなか現れなかった。

過ごしやすいように調節された温度や湿度は、むしろ人工的な冷たさを感じる。身体に気を遣った病院食は味がしなかったし、病院内での生活は時間の感覚すら麻痺していった。生きているという実感を、私は徐々に失っていった。

なにも悲観しないように、なににも傷つかないように、私は以前のように感情を内に仕舞い込んで、無感情を決め込んだ。そうして日々が過ぎていった。

どうやら、私の下半身は事故で動かなくなってしまったらしい。

医師は、リハビリを続ければ歩けるようになり私生活に問題はなくなると言うが、そんな言葉を鵜《う》呑《の》みにできるほど私は人を信用していないし、問題がなくなるだけで元通りにはならないのではないかという、そんな疑心が強かった。

なにより彼のことだ。

私がこんな状態なら、あの事故の瞬間、雫さんを庇いに行ってあまつさえ駆け出していた私の身まで救おうとした彼が、私よりも軽傷なわけがない。誰も彼のことを教えてくれないということが、私に最悪の事態を予感させた。

そんなある日だった。ただ無為に日常を消費し、彼のお陰で得たはずの見舞いに来てくれた友人すらも適当に突っぱねて結局なにもかもを失った無気力な私は、唐突の気まぐれで車椅子を使って、わざわざエレベーターを経由して屋上に足を運んだ。

敷地の広い病院の屋上は、一度だけ間違えて踏み入れたことのある学校の屋上よりもずっと広く感じられた。きっと、学校とは違って、患者などのために開放されることを意図して設計された屋上だから、そう感じるのかもしれない。

そんな屋上の一角にあるベンチに、ひとつの人影があった。人がいるならとわざわざ来た道を戻ろうとすると、ふとその人影が重なった。ずっと憧れて目で追ってきたあの人に。

自然と足は人影の方向を向いた。感情をなくしていたといっても、ただひとつ、彼の身を案ずるという一点においては、なくせていない感情だった。一度たりとも彼のことを忘れてなどいなかった。

彼に似た人影に近づくにつれ、私の記憶している彼の姿と重なっていく。ベンチのそばに松葉杖が見えたことから、怪我はやはりしているようだが、私のように車椅子ではなくホッと胸を撫で下ろす。

「あの……」

人違いではないようにと祈りながら、声をかけた。

彼はこちらを振り向くと、記憶に残る優しい笑みと、慣れ親しんだ声で「こんにちは」と返してくれた。妙によそよそしいのは再会に対しての照れだろうか。

「隣失礼しますね」

再会の喜びを抑えつつ、彼の隣に寄る、が。

「……っ!?」

私の反応を見た彼は、その手を主張するように持ち上げた。いや、そこに手と呼べるものは……。

「目が覚めたら、こうなってしまっていたんです」

苦笑しながら彼は、手首から先が失われたその手をかざした。

そして、先ほど感じたよそよそしさは口調にも表れていて。そんな彼の態度に、嫌な予感を覚える。

「雫さんは、無事だったんですか？」

彼はもうピアノが弾けない身体になってしまった。そう悔やむ気持ちが零れ出てきたけど、それでも取り乱してはいけないと自身を戒めながらも、ずっと私が気にしていた彼以外のもうひとつのことを聞いてみた。すると、

「雫は軽傷だったみたいです」

そう言った彼の続きの言葉が、私に現実を突きつけた。

「……雫のお友達ですか？」

「……っ」

なにも言えなかった。

仕舞い込んでいた感情は次々と零れ出し、私の目尻から形となって零れ落ちる。それは次から次へと、抑えていた感情を吐露するみたいに。

「ごめんなさい！　なにか悪いことを言ってしまいましたか？」

必死に謝る彼。でもそんな彼の姿が、どうしようもなく愛おしくて、そして悲しかった。

──彼は、私に関する記憶をなくしていた。

「私は、あなたの未来の恋人です」

涙ながらに、それでも強い意志でそう言った。

ここから、私の強がりは始まった。

× × ×

それからも、度々病院内で彼と会って話す機会があったけど、やっぱり私のことは記憶にないようだった。

むしろ、彼と出会ってからの時間が夢だったと言われたほうが納得できるとすら思った。彼と出会ってから、趣味を見つけ友達を作り、そして恋をした。

今までの私の人生を振り返ると、そんな色濃い経験は突拍子もないもので、まさに私にとっては青天の霹靂《へきれき》だった。夢心地の日々だった。だから、それは本当に夢だったんだと言われても納得できる気すらした。

ただ、彼との日々が夢として、偽物として、なかったことにされてしまうのだけは堪らなく悲しいことだとは思ったけれど。

彼が忘れてしまったということは、これまでの日々を証明できる人が私しかいないということだ。そして、私ひとりの発言は、きっと誰も取り合ってくれない。なかったことになる。

そんな思考が常に私の内を延々と巡るようになった。彼を思い出す度、彼と会って私のことを忘れてしまったのだと実感する度、今と今までの日々の落差を痛感してしまう度、その都度私の中には『どうしてこんな……』という気持ちが芽生えていって、気づけば無視できないくらいの感情に膨れ上がっていった。

そしていつしか、『あのとき事故になんて遭わなければ……』と後悔としての形を作り出し、その感情は沈んでいた私の心を容易く蝕《むしば》んだ。

ある日、私は車椅子から転げ落ちて病院のリノリウムの床に倒れてしまった。遠くから焦った看護師の声と、忙《せわ》しない足音が聞こえてくることだけは感じ取れたのだけど、それで私の意識は途絶えた。抗いようのない眠気のようなものに襲われて、それこそ夢の世界に誘われるような感覚だった。人が死ぬときはこんな感覚なのだろうかと、ぼんやりと思った。


——それは本当に夢だった。

目を覚ますと、そこは病院ではなくて、でも病院と同じくらい嫌いな自宅だった。不自由になっていた足も自由に動かせた。なにが起きているのかが理解できなかった。

手元には見覚えのない携帯端末。外は暗くて、その静けさからおそらく深夜。

とりあえず端末を起動させた。日付は九月一日。時間の場所には【17517：13】という不可解な数字が表示されていた。

現状やその端末に頭を捻っていると、突如激しい頭痛に襲われた。それと同時に脳内に送られてくる映像のようなもの。

痛みに耐え、治まるのを待つと、私は自身の記憶内の矛盾に驚いた。筆舌に尽くし難い感覚だった。違和感だらけだった。

私の脳には、同じ時間にふたつの記憶を所持しているという出鱈目《でたらめ》なことが起こっていた。

事故当時、トラックに撥ねられそうな雫さんを助けようとして駆け出した私と彼が事故に遭う記憶。そして、それと同時に、軽トラックに撥ねられそうになっている雫さんを、足が竦んで見送るしかない私と彼の姿という記憶。

断片的でおぼろげな記憶ではあるけれど、そんな相反する矛盾した記憶が同居していた。

「これは、なに……？」

そんな記憶を頼りに、その後の日々を過ごした。彼の行方を追うことを第一目標として、私は行動し始めた。

けれど、それもすぐに意味をなくした。

彼の生存はすぐに確認できた。私同様に五体満足で傷ひとつないといった様相で、私を一時は安堵させた。けれど、それは外見だけの話だった。

彼を見つけ出したとき、目を見張った。いつもの優しい彼の姿はなく、淀んでやつれた瞳がどこか遠くを見つめていた。私が話しかけても「誰？」そう返されただけで、むしろ以前よりも状況は悪いようにさえ思えた。

理由は、ひとつの地方新聞を見てはっきりした。

【羽柴雫さんがトラックに撥ねられ死亡】

――事実が反転していた。

そんなとき、例の携帯端末に一件のメッセージが届いていることに気がついた。

少しでもこの状況の手がかりを欲していた私は、なんの迷いもなしにそれを開いた。

そして、驚愕し、恐怖した。

【もしも、過去の選択を変えられるとしたらどうしますか？

あなたは自分と彼が事故に遭わなかった可能性を望んだ。

どんな犠牲を払ってでもと、そう望んだ。

これがあなたの望んだ世界です。

これがあなたの望んだ夢です。

意味もなく、必要もない、それでも望まれた偽物の世界。

この限りのある夢で、あなたは夢を見ますか？】

第六章　微睡みのカウントダウン

八月二十三日

「――もしも、この世界にタイムリミットがあるって言ったら、どうする？」

彼女の言葉は、静かに重く響いた。

「なにを言って……」

「透」

動揺する俺を一直線に見つめて、咲葵はなおも静かに名前を呼んだ。

「答え合わせをしよう」

「どういうこと、だよ」

「私の知っている秘密を、全部話す」

「……………」

「そもそも、時間はもう残り少なくて、いつかは言わなきゃいけないことだったから」

咲葵はひとり納得したように頷いてみせる。俺にとってはなんのことだかさっぱりで、話についていけない。

秘密とはなんだ、この携帯端末がなんだって言うんだ。

「まず、ずっと隠していたことを話さないといけないの」

「隠していたこと……？」

もはや鸚鵡返しするしかなかった。

俺がこの携帯で見たものは、小説のような文章とタイマーのような一分毎に数字が減っていくものだけだ。その文章に思う点がないことはなかったが、『まさかな』という勘違いとして認識しておくことにするつもりだった。……けど、やっぱり。

「私は、あの日カフェで出会うよりずっと前から、透と知り合ってるんだよ。透は忘れているだろうし、それは仕方のないことなんだけどさ」

やっぱり、だった。

そもそも、咲葵の今までの会話の中でも、俺とは以前からの知り合いだったような口調で話していた姿を覚えている。

あらためて考えてみれば、そんな姿は何度だってあったじゃないか。

あれはそう、咲葵が目指していたコンサートのオーディションに落ちた雨の日のことだ。

『──ピアノ、聴かせてほしいな』

『うん。もしかして弾けるんじゃないかってずっと思ってたから』

落選した咲葵に頼まれたことだったけれど、最初から俺がピアノをやっていたことを知っていての言葉だったんじゃないだろうか。

それに、彼女は俺の弾いた例のコンサートの六曲目である、名も知らない曲を聴いて泣いていたことも、気がかりだった。彼女は俺をあのコンサートに呼び出したことがあったし、中学生の頃——俺があのコンサートに足を運んでいた頃——に頻繁に通っていたと言ってたから、そこで出会っていたのかもしれない。

あのとき、泣きながら言っていた咲葵の『ごめんなさい』というタイミングの掴めなかった謝罪の言葉も、なにかをひた隠しにして俺と一緒にいたのだと、無理やり解釈すれば、納得できなくはない。

そしてなにより。

『——私はあなたのことをずっと見ていた。羽柴さんが私を見つけてくれる前からずっと、私は羽柴さんのことが好きだったんだよ』

あの、彼女からの告白の言葉だ。

これは明らかに俺のことを以前から知っていた口ぶりだった。

『——過去に縛られて、自分を否定しちゃいけないよ』

これもだ。

彼女は以前から俺のことを知っているばかりか、俺の過去までも最初から知っていたとでもいうのか。

しかし、そう考えてみると、色々と合点がいった。

けれど、もしも知り合っていたのなら、こんなにも記憶に残っていそうな彼女のことを、忘れるはずがないだろうと高をくっていた。ひと目見たときからこんなにも惹かれてしまうような子のことを忘れることがないと。

「私が中学一年生の頃、つまり透が二年生の頃には出会ってたんだよ」

紡がれるのは、俺の知らない俺の記憶。

「携帯、見たんだよね？　どこまで？」

「四つ目。亡き王女のためのパヴァーヌまで」

「そっか、じゃあまだあそこまでは読んでなかったんだ」

咲葵はそう言いつつも、話を続けた。

「でも、そう。四つ目の話まで登場していた女の子と男の子は、私と透。私はあなたと四年前から出会っていて、私はずっと透に憧れていたんだよ」

彼女はそう言うけれど、俺にはそんな記憶がない。

「自分にはそんな記憶はない、って思ったでしょ？　それにもちゃんと理由があるの」

「理由……？」

「うん。この世界にはタイムリミットがあるって言ったでしょ？」

言っていた、そんな出鱈目な話を。いくら咲葵の言うことだとしても、にわかには信じられない、途方もない言葉だった。

タイムリミットがあるということは、時間がきたら跡形もなくなるとでもいうのだろうか。そんなあまりにも現実離れした話を無条件で信じられる人なんて、世界中を探してもほとんど見つからないだろう。

「今、私たちのいるここは、私と、そして透にとっては、偽物の世界なの。夢の中の世界と言ってもいいかもしれない」

「……………」

「なにを言ってるんだと思うかもしれないし、この先の話を聞いたら嫌な気持ちにもなるかもしれない。でも、私は本気で話してるから、ちゃんと最後まで聞いてほしい」

さっきまで無邪気にはしゃいでいた彼女の、いつになく真剣な眼差しに射抜かれて、首肯することしかできない。

「透はさ、雫ちゃんの事故のときのことを覚えてる?」

「あ、ああ。それはもちろん。今までずっと悔やんできたことだからな……」

「そうだね。じゃあ、そのときの周りのことは？　事故に遭ったとき、周りにはなにがあった？　誰と一緒にいた？」

そう聞かれて、はじめて気がついた。俺には事故当時の記憶が、雫の凄惨な姿しかないということに。そして、同時にまさか、と思った。俺を見つめる咲葵の瞳には強い意志が宿っているのを感じられた。

「私も、隣にいたんだよ」

「そんな……」

「私も、雫ちゃんの事故を目の当たりにしたんだよ」

そんなことがあったのに、俺は咲葵を忘れていたというのか。咲葵は、ずっとそれを黙っていたのか。

そんな、言いたいこと、不可解なこと、整理できない情報と感情の波が容赦なく俺の内部に打ち付けられる。

「そして、ね。透は自分が臆病だったから雫ちゃんを助けられなかったって言っていたけど、それは違うよ。まったく違うの」

「それはどういう……」

「雫ちゃんを助けに動こうとした透を、私が無理やり止めたんだよ。この世界では、そういうことになってるの」

言われていることが、瞬時では理解できなかった。

咲葵が俺を止めた？　咲葵が雫のことを見殺しにしたって言うのか？　それに『この世界では』ってどういうことだ……？

「でも、よく聞いて」

彼女の声に、俺はすんでのところで平常心を取り戻す。そして、聞いた。全貌を。

「でも、それも偽物なんだ。この世界で起こったことは、全部偽物」

人の死が、自分の大切な人の死が、偽物だった……?

その衝撃とともに、湧き上がる怒りの感情が俺の内部を支配し始めた。

『嘘でもなんでも、そんな冗談は言うべきではないだろう』と。

それでも、彼女はそんな俺の思考すらも察したように、言葉を続けた。

「冗談なんて、言ってないよ。全部偽物なんだよ。あの事故が起きた瞬間から今までの二年間、そのすべては偽物なの。夢の中で見た幻なの」

「──じゃあ、なんだって言うんだよ。この世界はいったいなんだって言うんだよ。本物ってなんなんだよ!!」

抑制しきれない怒気の一部がその口調に漏れ出してしまう。彼女の話を冷静に聞きたいと思う反面、どうしても許容できないことだという認識もあったから。そこだけは冗談を言ってはいけない、触れてはいけないだろう逆鱗《げきりん》に、彼女は容赦なく触れてきているのだ。

──雫の死も、咲葵との日々も、全部偽物だって言うのか……?

「この世界は〝もしも〟の世界だよ。私と透がこうして会話できている、夢みたいな世界。……『IF』っていう映画観に行ったの、覚えてる?」

いきなりなんの話だと思った。思い出話をするタイミングではないだろうと。相槌をする余裕もなく、ただ咲葵を睨むように見つめる。

「透が以前教えてくれたよね。『[illegible]』は原作と映画では途中で物語が分岐して、結末が変わるって」

「……ああ」

そんな話をした記憶はあった。咲葵と出会った日に偶然購入した恋愛小説と、コンサートのオーディションで弾いた曲目が使われた映画の原作が同じものだった。でも映画ではオリジナルの脚本だったことから、途中で話が分岐したということを、映画を観る前の事前知識のひとつとして彼女に伝えた。

「それと同じなんだよ。私と透の本来の世界は原作で、今、地を踏んでいるこの世界が私たちのために作られた、分岐した映画の世界ってこと」

意味は理解できる。それでも、それを納得するのは難しい。彼女に言わせればこの世界も偽物らしいが、自分たちの意識があるのはやはりこの世界なわけで、到底小説のようなフィクションだとは思えない。

読者の俺が、小説の世界に紛れ込んでしまったと考えたほうが、まだマシだとすら思えた。

「……〝私たちのために作られた〟って、どういうことなんだ？」

彼女の話には疑問が尽きなかった。それこそ、彼女が考えたフィクションの物語の設定を聞かされている気分だった。

「これは私たちふたりが見ている、夢の世界なんだよ」

「…………」

「じゃあ、本物の世界の話をするね」

なにも言えずにいる俺を一瞥《いちべつ》してから彼女は息を整え、伝え忘れがないようにと意識していることがひしひしと感じられた。話の内容は信じられたものではないけれど、それでも目の前の彼女が本気で言葉を発しているということは理解できた。

けれど、その第一声を、俺は許すことができなかった。

「まずね、本物の世界ではね、雫ちゃんは生きてるんだよ。事故は起こったけど、怪我はほとんどなくて、不自由なく生活できているみたい」

「……っ!!」

だからそういうことを言うな、と沸点が刺激されて、激情を咲葵に向けそうになる。

視線の先の彼女は、そんな俺を見て必死に歯を喰いしばっているようだった。小刻みに震えていて、その瞳の奥底には、きっと隠しているのだろう僅かな恐怖が見え隠れしていた。

俺が、彼女を怖がらせている。そう実感した。そう実感したことで、いくらか冷静になれた。

「ううん、私がおかしなことを言っているってことも自覚しているし、それを聞いて透がよく思わないことも、わかってたから」

でも、と彼女は続けた。

「透だけには、話さなきゃいけないことなんだ」

真摯な表情を向ける恋人の姿が、目の前にはあった。

たしかに咲葵の話は信じ難いものではあるけれど、こうまでして悪質な冗談を言うような子ではない。そんなことは、俺が一番わかっているはずだ。恋人の俺が、一番わかっていなければいけないはずだ。

俺の感情が静まったことを感じ取ったのか、咲葵は言葉を続けた。ここからが本題だ。そんな空気が感じられた。

「でもね」

「…………」

「雫ちゃんは事なきを得たんだけど……。私と透、特に透は無事じゃ済まなかった」

この話の流れで、まさかと思った。

「透は臆病なんかじゃなかったんだよ。接近するトラックを見るとすぐさま駆け出していってね、雫ちゃんだけじゃなくって、隣にいた私のことまで庇ってくれて」

「ごめん……」

「――っ⁉」

俺が雫を助けに行っていた……？

俺はずっと自分があの瞬間に動けなかったことを悔やんでいたのに。そんな後悔があったから、今の俺という人間が形成されるに至ったというのに。俺はあの瞬間に、動けていたって言うのか……？

その話を語る咲葵の表情は、とても複雑そうではあったけれど、そこには俺に対するたしかな信頼と、慈愛《じあい》があった。どんな行為よりも、言葉よりも、そのときの咲葵の表情に、俺は今までで一番の好意を感じた。

彼女の言葉は本気だ。記憶にはない俺の行動を、心から肯定してくれているようで、それがどうしようもなく伝わってきた。俺は、助けるために動けたんだと。

「透はね、しっかり雫ちゃんを守ってあげられたんだよ」

慈しむ彼女の声は、今にでも泣き出してしまいそうな危うさを秘めていた。

そう、だったんだ……。俺は助けることができたんだ。

「でもね、」

「うん」

その一瞬空いた間で、覚悟する。その後に続く言葉がどのようなものであっても受け入れられるように。

「私と透は、大怪我を負うことになったの」

「…………」

「私は、下半身が動かなくなって車椅子生活。リハビリしたらいつかは歩けるようになるって言われたから、きっと平気だけどね」

痛々しく響く彼女の声が俺の鼓膜を揺さぶる。まるで彼女のどうしようもないという感情が、聴覚を通じて伝わってくるようだった。

「でも透は……」

そこで今まで頑なな意志で口を噤《つぐ》まなかった咲葵が、言い淀んだ。それだけ言い難い、または本人には聞かせられない内容なのだろうか。

彼女を窺うと、それは見た人の心を痛ませるような表情だった、涙こそ流していないものの、彼女の表情は泣いているも同然で、むしろ意地で我慢しているのが、さらに苦しそうに見えた。

「透はね」

「…………」

「片腕の手首から先全部を失って、もうピアノが弾けない手になってってね……」

「うん」

「記憶を失っていたの」

「それは……」

俺が予想していたような話ではなかったけど、むしろその具体的な内容が、痛々しく現実的だった。

「あまり詳しくは聞いていないからわからないけど、覚えていることもあるみたいだった。自分のことはわかっていたし、雫ちゃんのことも覚えてた。あとは、事故のときのこともぼんやりとは覚えていたみたい」

「なら、なにを」

そこまで言って、気がついた。彼女の言った俺の覚えていることの中に、一切なかったこと——。

「うん。私のこと、全部忘れちゃったみたい」

困ったように、咲葵は笑った。

「………」

なにも言えなかった。なんと言えばいいんだろう。咲葵の話をすべて信じられたわけではないけど、それでもこんなのはあんまりだ。

二年間、彼女だけが記憶し、彼女だけが抱えてきたというのか。こんな華奢な身体で、こんなにも持ちきれない重荷を。

「作曲家のラヴェルさんの話、してくれたでしょ」

気を取り直す、というように咲葵は気丈に言った。

「作曲家ラヴェルは、五十代そこらにして記憶喪失になってしまい、以前の輝かしい作曲家としての自分を忘れてしまう。けれど、彼はまた音楽を愛し、音楽に魅入った」

彼女は、震える声を抑えながら、おとぎ話を紡ぐように言う。

「そして、彼はそんな中ある曲と出会う。彼はその曲を聴いたとき『私は今までにこんなにも美しい曲を聴いたことがない』と言ったそうだ。その曲こそが、記憶を失す以前にラヴェルが作曲した『亡き王女のためのパヴァーヌ』だそうだ。彼はそんな客観視をして、以前の自分の作品を究極的に肯定したのだ」

それは、俺が以前咲葵に話したことだった。そのときよりもずっと芝居がかっていたけど、それはたしかに俺の知識だった。

「こんな話を、透はしてくれたよね」

「ああ」

「私がなんて返したか、覚えてる?」

返答。なんだったか。それはたしか……。

「──私は、羽柴さんにとっての、その曲のような存在になりたいな。そう言ったんだよ」

「……………」

「たとえ記憶をなくしてしまっても、前にも私を隣にいさせてくれたように、また私を隣にいさせてほしいって。それだけを考えてこの二年間を過ごしてきた」

「………」

これこそが、なによりの愛の告白だった。俺よりも先に好いてくれていて、俺のことをずっと考えてきてくれたという、純粋な片想い。

「あの日、カフェのバイト中、透から話しかけられたのには驚いたよ。本当は私からあなたに声をかけるつもりだったんだから」

「俺が来るってわかってたのか？」

「ううん、知らなかったよ。でも途中で透の姿を見つけてね、お店に入っていったのを見かけたから、急遽アルバイトに入れてもらったの」

無茶苦茶だと思った。そんな都合のいいことができるとでもいうのか。それこそ彼女の言う、夢みたいな話ではないか。

「あのカフェで普段バイトしているってこと？」

「してないよ。だから急遽なの。衣装なんてないから、制服で演奏しちゃったし」

たしかに、彼女は制服姿だった。あのときの咲葵の姿は印象深くて鮮明に覚えているから、それは間違いなかった。

「信じてないだろうけど、できるんだよ。この世界は夢の世界だから」

「夢って、それは比喩《ひゆ》としてだろ……」

「本当に、夢なんだよ。……透は、明晰夢《めいせきむ》って知ってる？」

咲葵は唐突にそう聞いた。

「そのくらいなら。夢を見ていると実感できる夢のことだろ？」

「そう。夢の中で、今自分は夢を見ているって直感的に実感できる夢のこと」

「まさか、この世界が明晰夢とでも言うつもりなのか？」

「そう言っているつもりだよ」

この世界が、喩《たと》えでもなんでもなく本当に夢の中？

信じ難い情報が次から次へと押し寄せ混乱している脳は、そんな情報の受け入れを拒否しているようにすら感じられた。

「じゃあさ、明晰夢の特徴って知ってる？」

「夢を見ていると実感できることではなくて？」

「うん、それ以外に」

「それは知らないな」

「明晰夢ではね、大抵の物事が、自分の思い通りになるんだよ」

そうして、彼女は今までの出来事をいくつか挙げた。それは、いつかこの話をしたときに俺が納得するために用意されていたことのようにも思えて、荒唐無稽な話を納得させるために予め蒔かれていた種のようにも感じられた。

「都合よく物事が運んだことに覚えはない？」

「……さっき言っていた、出会ったときに咲葵のバイトが急に入れられたということくらいしか、わからないな」

「そっか。じゃあ、ピアノの先生の家に行ったときとか」

そう聞いて、瞬時に閃《ひらめ》いた。

「インターホンか」

「そう。レッスン中はいつも消しているって言っていたインターホンの音が、私たちが行ったときだけは鳴っていたでしょ？」

「でも、それだけなら、ただの偶然かも……」

「ふたりでこの間コンサートに行ったときも、着いてちょうど演奏が始まったでしょ。そういうタイミングも、思い通りになった都合のよさなんだよ」

「………………」

「私が町のコンサートのオーディションに落ちたのだって、私が透にしてほしいことはコンサート出場の手伝いなんかじゃなかったって理由だろうし」

必ず通ると思っていたオーディション。その落選理由が、まさか彼女の意思によるものだった？

「そうやって、今までの二年間、無意識なところできっと物事は都合よく運んでいたんだよ。私と透の周りでは」

そして、と。彼女は続ける。

「この、透の部屋に私がはじめて行ったとき、とってもいいタイミングで、触れてもいない照明が消えたでしょ？　そこには私と、そして透がそう望んだ意思があったから都合よくそうなったんだよ」

「…………」

都合よく。彼女が指摘する度に、俺の日常に思い当たる節が多く思い起こされた。

でも、俺の中の常識という理性が、彼女の暴論のような理屈を否定したがっている。

この世界が夢の中で、本物の世界では雫が生きている……？

俺にはもう処理しきれる内容ではなかった。

「じゃあ、今から私の言うことが本当に起きたら、信じて。私の話を」

「……なに」

「過去の清算は残りふたつだよって言ったけど、それは透の家族のことなんだよ。雫ちゃんと、ご両親の」

「でも両親は遠くで仕事している」

遠くだ。それは国境を越えて海外で仕事していることを意味する。

「だから、今からご両親に帰ってきてと願ってみて。私もお願いするから」

「もしかして……」

「うん、ご両親が帰ってきたら、信じてほしい」

「でも両親は、海外にいるし……」

たとえ今なにか重大なことが起きて、両親に『今すぐに帰ってきてほしい』と頼んだとしても、それでもやはり準備や移動時間で数日はかかる。それは咲葵だって容易に想像できるだろうことだ。それでもそう言ってくるということは、それが最も信じるに足る条件でもあるからだということを理解しているのだろう。

「難しければ難しいほど、信用できるでしょ？」

「…………」

今日の俺は口ごもってばかりだった。それでも仕方ない。そのすべてが突拍子もないことなのだから。無条件に信用し受け入れられるほうがおかしいだろう。それがたとえ好きな相手の言葉だとしても。

「今日は帰るね。難しいかもしれないけど、できるだけ頭の中を整理しておいて。時間はもう少ないから」

「時間って……」

「八月いっぱいがタイムリミットだよ」

「…………」

「もしも、信じる気になれたら、あのコンサート会場に来て」

なにも返事ができないまま、それだけ言い残して咲葵は去っていった。遠くに聞こえる咲葵の足音だけがやけに耳に残る。

なにもかもが夢ならいいと、そうやけくそに思ったけれど、それがあながち間違った思考でないのかもしれない事実を受けて、思考をやめた。

無性に虚しかった。

それほど非情な現実だった。

何度も何度も、溜息をついた。

俺の幸せはすべて逃げていってしまいそうなほどに。

翌朝、家の中の物音で目が覚めた。普段であれば物音ひとつしない静寂に満ちた家では不可解なことだったけど、それは俺がひとりの場合のみ適応される理屈だった。

要は、家に人がいるのだ。

寝惚け眼を擦りながら、ぼやけた思考を巡らせる。家に朝から物音がするという事実。それが意味すること。

どうやら俺は、咲葵の言っていた絵空事のような話を、信じるしかなくなったみたいだった。

× × ×

思考の定まらないぼやけた脳内でひと通り考え、夕方頃に家を出た。

夏の夕暮れは気温とともに町が落ち着いていく感じがして、その空気感が切なく感じた。どこからか聞こえる風鈴の音や、切なさに拍車をかけるヒグラシの鳴き声が辺りに響いて、夏の終わりを予感させ始めていた。

変に浮遊感に近いものを身体が感じている。原因は寝不足だ。あんな現実離れした話を聞いておきながら易々と寝ていられるはずがなかった。

朝方になってようやく睡魔がやってきたというのに、少し眠ったところで次は慣れない家の物音で目が覚めて、それが帰ってくるはずのない両親だったという驚きで、完全に俺の意識は覚醒してしまったのだ。

こんなにも重なる偶然のことを、ただの偶然と片づけるのは些か厳しいだろう。

咲葵はずっと前から、俺がこのときになってできるだけ受け入れられるように様々な根回しをしてくれていたのかもしれない。

でも、そんな心遣いが、辛かった。

いくら思考を巡らせたところで、今の彼女への感情を的確に表す言葉はわからなかったし、彼女と会ったところで自分がなにを言いたいのかさえ、わからなかった。

それでも約束だ。咲葵が言った通り両親は一日足らずで帰ってきて、それで俺は彼女の話を出鱈目ではなかったと、信じると決めたのだから、会いに行って話をする必要があった。

小さなコンサート会場。以前訪れたときと変わらないように思えた。この景色が偽物だとは思えないし、この夏に咲葵と出会う前にも、彼女とこうしてここに足を運んでいたという事実は信じられなかった。思い出せないのは、彼女と記憶を共有できないということは、どうしてこんなにももどかしいのだろう。

「咲葵」

観客は俺と咲葵のふたりきり。そんな中観客席にひとり座る彼女に、声をかけた。

こうして観客が誰もいないことも、観客がふたりしかいなくとも開かれるコンサートも、そのどれもが偶然ではないということを俺はもう知っている。きっと、俺が席に座って腰を落ち着けたところでタイミングよく演奏が始まるのだろう。

この世界は、正真正銘、俺と彼女を中心として回っている。

「来て、くれたんだ」

「ああ」

「信じてくれたんだね」

「……信じざるを得なくなっただけだよ」

俺も席に着く。彼女の隣で、いつかの日と同じように。

すると、少しして演奏が始まった。このタイミングのよさも、もう疑いようのないものだった。

「ここも、数日振りだね」

「ああ」

なんと言っていいのか、わからなかった。

「『月の光』いい曲だよね」

「ああ」

「透はさ、」

「ああ」

「…………」

「…………」

彼女との間に、はじめて気まずい沈黙が横たわった。

俺の態度に咲葵は口ごもる。俺の様子を見ていつもよりも明るく接しようとしてくれていたんだろうけど、それに取り合えるほどの余裕なんて俺にはなかった。

今までのように接するというわけにはいかなかった。どんな会話をしてもぎこちなさが拭えないだろうし、またどんなに言葉を尽くしても、今の自分の感情を的確に表せるとは思えなかった。むしろ、下手に口を開いてしまえば必要のないことまで言ってしまって、今よりもずっと気まずくなるかもしれない。それでも――。

「あのさっ――」

「俺は、咲葵の話を信じたからここに来たけど、なんて言えばいいかわからないんだ」

彼女の言葉を遮り、素直な気持ちを吐露する。彼女に対する怒りや悲しみや虚しさを、彼女自身にぶつけることは正当じゃない気がして。それでも、この感情の行方がまったくわからなかった。

でも、咲葵はそんな俺の言葉に触れないまま、口を開いた。

「……ご両親とは、なにか話せた？」

「どうしていきなり」

「過去の清算だよ。ご両親と雫ちゃんのことの清算が残っているって言ったでしょ」

それをさせるために、咲葵は敢えて俺の両親の帰宅を願ったのだということに今気がついた。実現が難しいという理由だけでなく、俺に過去を清算させるための、彼女の企て。そして、彼女はこうなることを、きっとこの夏に出会う前から考慮していたんだろう。

「清算もなにもないんだよ。俺の家族は瓦解《がかい》しているというわけでもないし、深刻な軋轢《あつれき》があるわけでもない。ただ、雫の死という現実を受け止めることができなくてその逃避先に都合のいい仕事を選び、逆に俺には逃避する術がなかったってだけなんだから」

「それでも、だよ。なにかするべきことがあるんじゃない？」

そう聞かれても、なにもなかった。

俺がなにも言えないでいると、咲葵は質問を重ねた。

「どんな家族だったの？」

どんな家族か。その問いは俺が必死に考えないようにしていた、過去の幸せだった家庭を思い起こさせた。

円満な家庭だった。両親ともに音楽関係の仕事をして、多忙だったから食卓を家族全員で囲むようなことはあまりできなかったけれど、俺がピアノを始めたことにも、雫がヴァイオリンを始めたことにも、そんなふたりが一緒にステージに立つことを目指すことも、両親は心から喜んで応援してくれていた。どんなに忙しいときでも俺と雫の大切なコンクールのときには駆けつけてくれた。

音楽が中心にはあったけれど、そんな音楽が家族を繋げてくれていた。

そんな過去の記憶が眩しかった。

「………」

俺は、そんな家庭を、望んでいる。

音楽がなくてもよかった。俺は両親が喜んでくれる方法として、子供ながらに音楽をやっていただけなのだから。

ただ、仲のいい家族がよかったというだけだった。

「なにか、思い当たることがあった？」

「……いいや、なにもない」

「そう？」

「ああ。両親が家にいるうちに話すからいいんだ」

「そっか。ならいっか」

そもそも、咲葵の絵空事のような事実を事実と認めてしまった時点で、清算もなにもないと思った。

「そもそも、清算なんてしても意味がないんじゃないか」

正論だと思った。今さら清算なんてしたところで、偽物のこの世界での出来事はあと少しで消えてなくなる。俺がいたという事実も、なにかをしたという痕跡も、そのすべてがなくなってしまう。

だから、今さらなにをしたって無駄なんだと。

「それは違うよ。意味はある」

「なにを根拠に言ってるんだよ。誰の記憶にも残らない今の俺たちは、なにをしたって……」

「無駄じゃないよ」

有無を言わせない力強さが、咲葵の言葉には宿っていた。その根拠は語られないし、なにも納得はできないけれど、俺はそんな言葉の前には押し黙るしかなかった。

沈黙の間に抜けていくのは、しんみりとした旋律。情緒的なそれは、静まる会場内に悲しく響き、今聴くには少し感傷的になりすぎてしまうなと思った。

「透はさ、私に言いたいことがあるでしょ」

「…………」

「理解できないことがあるならなんだって聞いてもいいし、言いたいことがあるならどんな言葉でも受け止めるよ」

「なんだよそれ」

「私ができることって、もうこれくらいだから。だからほら、遠慮なんてしないでさ」

「…………」

「言いたいことは言っていいんだよ。透はずっと我慢してきたんだから」

なにを言いたいのかも定かではなかったし、なにも言いたくなかった。なにを言っても無駄だと思った。

それでも、彼女は「ほら、言ってみて？」と促す。

だから俺は渋々、静かなメロディーの中に消え入るほど小さな声でひと言呟くように言った。

「……どうして俺は、咲葵を忘れてしまったんだろうな」

けれど、ひとつ吐いてしまえば、もう際限なんてなかった。

「それは記憶を失ったから仕方ないことで……」

「そうじゃなくてさ、どうして記憶をなくしてしまったんだろうなって。言っても仕方ないことなのかもしれないけどさ、仕方ないなんて言葉で諦められることでもないんだよ。こんなの……あんまりだ」

「うん、そうだね……」

感情が漏れ出す。名前のわからない感情は、その小さな出口を見つけると漏れ出し、その出口を徐々に広げていった。

それは、ぶつけるべきではない感情と言葉の羅列になった。

「……雫を犠牲にした世界なんていらなかった。そんな世界を許せるはずがない」

なにも考慮しない、それこそ都合のいい言葉ばかりが零れ出す。

「俺のことを知っていたなら、最初から教えてくれればよかったじゃないか」

きっといろんな過程を踏まなければ俺が信じず向き合わないことを知っていたからこそ、咲葵はこのタイミングで告白してきたことをわかっているのに、言ってしまえば言葉は止まらなかった。

「俺にどうしろって言うんだよ。今さらこんなことを言われて、そんな簡単に受け入れられるはずないだろ」

「そもそも、どうして忘れているとわかっていても、俺にこのことを教えたんだよ」

いくら咲葵に言ったところでどうにもならないことはわかっていた。それでも、俺は自分を止めることができなくなっていた。言わずにはいられなかった。それはまるで俺の今までの我慢の対価にすら思えた。

「俺もこの世界の人みたいになにも知らないまま終わっていれば、こんな思いをすることだってなかった」

それもまた本心だった。その本心に気づいてタガが外れてしまったのかもしれない。

「俺の今までの苦悩はなんだったんだよ！」

「俺が雫に抱いていた罪悪感は、なんだったんだよ！」

「どうして雫は死んでしまうほど辛い目に遭わなきゃいけなかったんだよ！」

「俺はなんのために、ずっと我慢してきたんだよ……」

そんな聞けたものではない、完全に自己中心的な主張とも呼べない勝手な言葉を、しかし咲葵はひたすらに黙って聞いて、受け止めているようだった。

「どうして、なにも言わないんだよ……!!」

そんな彼女に、怒りのままに言葉をぶつける。

「どんなことでも、透の言葉なら受け入れるって決めてるから」

「……なんだよ、それ」

惨めだった。愚かだった。衝動的な言動は往々にして後悔の原因になると、俺は誰よりわかっているはずなのに、それを最もしてはいけない相手にしてしまった。

「咲葵も、なにか言ってくれよ」

「言わないよ」

「言いたいこと言って、批難してくれよ……」

「しないよ」

今だけは、優しく奏でられているピアノの旋律が、俺のことを責める言葉に変わってくれればいいと思った。

「……どうして、咲葵は終わりの見えている俺との関係を、築いてくれたんだ？　そんなの、築くだけ辛くなる一方じゃないか」

結局は、そこだった。

俺と咲葵に、そしてこの世界に未来はない。なのに、どうして未来の話を笑って語

れたのだろう、どうして俺との関係を深めてしまったのだろう、どうして辛くなると
わかっているのに、出会ってしまったのだろう。どうして、どうして、どうして……。
「咲葵は、辛くないのかよ」
「…………」
「俺は、耐えられないほど、辛い」
色んな理由を並べたけど、結局俺の胸中を縛り苦しめる感情の一番の理由は、咲葵
との未来を望めないことだった。
こんなことになるのなら、出会わなければよかった。そう思ってしまうほどに。
「俺は、咲葵との未来がないのが、辛い」
このまま一緒にいても、破綻《はたん》するだけだと思った。だから、
「俺は、咲葵と一緒にいるのが、辛い」
そう言ってしまった。
後悔なんてどうでもよかった。もういくら後悔したところで失うものなんてなにも
なかった。
立ちあがり、その場を後にする。コンサートの演奏中に席を立って退場するなんて
ことは、はじめてだった。でも、こんな俺の愚かな行動すらも、数日後には消えてな
くなってしまうのだから、もうどうだってよかった。

俺が出ていくそのときまで、彼女はひと言も発さず、目も合わせなかった。去り際に見た咲葵の俯いた姿だけが脳裏に焼きつくようで、また深く心が抉られた気がした。

×　　×　　×

当てもなく道を行く。

ほとんど沈んでしまっている、そんな寂しげな太陽が羨ましかった。たとえ夜になり太陽の存在が人の目につかなくなってしまっても、きっと朝になればまた太陽は昇る。それが羨ましかった。

起きて、彼女に会って、『また明日』と言って別れて、寝て、起きて、また彼女と会って。思えば俺のこのひと夏は、そんな日々でできていた。太陽が昇ったり沈んだりするように、そんな当たり前の日々を俺は彼女と過ごしていたんだ。

でも、なんの前触れもなく、おそらくは俺と咲葵以外の人間には観測されないまま、あと数日でこの世界は終わりを迎える。彼女との当たり前になっていた毎日が、唐突に消える。

実感はないけれど、予感はしていた。もうすぐ夢から覚めるんだと、そんな予感が漂っていた。

……雫が亡くなって、そうして俺と咲葵が無事に生きているもしもの世界。偽物の世界で、俺と彼女は夢を見た。出会って、時間を共有して、恋をして、幸せを実感する、そんな夢を見ていた。

「はぁ……」

気づけば俺は学校に来ていた。すっかり咲葵との待ち合わせ場所になっていた、思い出の場所。彼女との思い出すらも消えてしまうのだと思うと、もう堪らなかった。ちょうど最終下校時間が過ぎた頃だが、学校にはまだ入れそうだった。これも俺が無意識下で望んで都合よく物事が運んだのかもしれないけど、そんなことは考えるだけ無駄だった。

なにも考えたくなくて、音楽室に行った。

ピアノを弾きたかった。指は鈍っているし満足な演奏はできないけれど、それでも思考を止める方法としては最も効果的だと思った。演奏中はその演奏のことしか考えられないはずだから。

音楽室に入ると、照明も点けずに愚直にピアノに向かった。月明かりしか頼りのない視界もままならない薄暗い教室で、俺は鍵盤を叩いた。

唯一手が覚えている曲。例のコンサートの六曲目、名前を知らない曲。その曲を、ただひたすらに弾き続けた。色々な気持ちが綯《な》い交ぜになった、感情を鍵盤にぶつけるように。俺の感情が音になって教室を満たした。

「…………」

でも虚しくなるだけだった。

言ってしまえば、この曲も他の五曲も、咲葵との思い出の曲だ。耳に入ると無条件で彼女の姿を思い出してしまう。

——そういえば。

コンサートで演奏された五つの曲名は、あの不可解な携帯端末に記されていた。俺と咲葵の過去のやりとりを小説のような文体で記録してあったはずだ。

一曲目『月の光』では出会いを描き、二曲目『悲愴』では出会ったことによる変化を綴った。三曲目の『愛の悲しみ』ではふたりの時間を記し、そして四曲目の『亡き王女のためのパヴァーヌ』では関係の変化を認《したた》めていた。俺はここまでしか読んでいないからわからないけど、きっと五曲目の『別れの曲』では事故のことやその後のことが書き記されているんだろう。

じゃあ、六曲目の『——』と表記のない、名前のない曲の欄には、どんなことが記されているんだろう。この偽物の夢の世界に入ってからのことを書いているのだろうか。自分のことを忘れた俺と、再び出会うまでのことを書いているのだろうか。

無性に、それが知りたくなった。

彼女が言うには中学生の頃に出会い、そうしてずっと俺の背中を追ってきてくれたという。そうしてようやく時間を共有するようになって、仲を育むようになったところで、事故に遭い俺は記憶をなくした。

そのときの咲葵はどれだけの絶望を覚えただろうか。長年の想いが報われようとしているときにそのすべてが失われたら、どんな気持ちになるだろう。『好き』だという感情を知った今の俺であれば、そのときの咲葵の感情をある程度は察せられる。

それでも。

それでも、咲葵は俺との関係を諦めないでいてくれた。忘れられても、こんな偽物の世界に来てしまっても、それでも咲葵は見限らないでいてくれた。どれだけの我慢を乗り越えたのだろう。どれだけの無理をしたのだろう。どれだけの感情を削ったのだろう。考えるだけで、辛かった。

咲葵はいつだって俺のことを考えてくれていた。出会う前も、出会ってからも。ずっと俺は支えられてきたんだ。この世界のことを信じられるようにタイミングを計り、悔いが残らないようにと俺の後悔を清算するために隣にいてくれた。

きっと咲葵は、『本当の意味で付き合う』ためではなく、元の世界に戻ったら俺は記憶喪失になっているかもしれないから、今のうちに悔いを残さないようにと、そう計らってくれたんじゃないかって。

記憶をなくした俺なんかよりもずっと、咲葵はもしかしたら罪悪感を覚えていたのかもしれない。雫の事故を目の当たりにしただけでなく、この世界を望んでしまったせいでそうなっていたことを、彼女がたったひとり知っていたのだから。

打ち明ける相手なんて誰もおらず、今までずっとひとりで抱えて。それでも咲葵は辛い顔なんて見せなかった。涙なんて、見せなかった。

咲葵が涙を見せたのは、二回だけ。

それは、俺が咲葵のために例の曲を弾いたときと、そして『付き合ってほしい』と告白したときだった。嬉し泣き、それもあったのかもしれない。でも、彼女の涙は、決して嬉しいという感情だけのものではなかったはずだ。

咲葵はずっと、俺との関係が発展する度に、この夢の終わり、つまるところ関係の終わりを――悲しんでいたんだ。

なにも気づけなかった。こうなってみないと、なにも見えてこなかった。

ずっと彼女は、ひとりでこんな感情と向き合ってきたというのに。

「咲葵……っ」

後悔ばかりだった。俺は彼女と出会ってから後悔ばかりだ。

それでも、出会ったことを後悔はしていない。

そして、これから後悔なんてしたくなかった。もう後悔なんてしない、そう心に誓った。

今すぐに伝えたいことがあった。伝えなければならないことがあった。

迷いなんていらない。後悔しないために行動するだけだと。

咲葵、咲葵、咲葵――!!

そう心の中で何度も叫んだ。

落ち着かない手元で携帯を操作し、彼女の電話番号を表示する。

もしかしたらコンサートホールにいるせいで気づかないかもしれないけど、でも手をこまねいているわけにはいかなかった。

「出てくれ、咲葵……っ」

そうして。

「なに透」

振り返ると、音楽室の入り口に、携帯電話を露出した耳に当てている咲葵がいた。

「咲葵……」

「ここにいるよ」

そんな返事が堪らなく嬉しかった。彼女が目の前にいてくれることが、嬉しかった。

なにより伝えたいと思っていた言葉をきちんと伝えるために、俺は彼女のそばへと歩み寄る。

そうして、面と向かって咲葵の目を見て、言った。

「ありがとう」

呆気に取られたように俺を見つめる咲葵に、俺は言葉を止めない。

「いつもありがとう」

「……………」

「ずっと支えてくれてありがとう」

「……………」

「出会ってくれて、ありがとう」

俺の言葉に、咲葵は徐々に表情を呆然としたものから困惑に変える。困ったように笑って、それでもちゃんと聞いてくれている。

堪らずにそんな彼女を、抱きしめた。

抱きしめて、だけど、言葉は止めない。

「ずっと辛かったよな」

決して推し測れるものではないけど。

「長い間、ひとりにさせてごめん」

「……………」

「頑張ってくれたんだよな」

「…………うぅ」

嗚咽を聞いて、俺は手を咲葵の後頭部に持っていく。そして鍵盤に触れるよりもずっと優しく、形のよい彼女の頭を撫でた。

「……ああ、うぅ……」

彼女は俺の腕の中で泣いていた。声を押し殺して泣いていた。

もう我慢しなくたっていいんだよ、そんな気持ちを込めて頭を撫でた。

「本当に、ありがとう」

そして。

「好きだよ」

と告げる。

それからしばらくは、彼女のすすり泣く微かな音だけが響いていた。

第七章　夢の終わりに君を想う

八月二十七日

「はじめまして。透さんとお付き合いさせていただいている、日向咲葵と申します」

咲葵は、きっぱりとそう言い切った。緊張をひた隠し、それでも前を向いていた。

「…………」

「…………」

俺の両親は、息子の恋人のいきなりの来訪に唖然としていた。開いた口が塞がっておらず、恋人に見せるような顔ではなかったけど、まあそれでもよかった。

俺と咲葵は、残りの時間を使って、結局過去の清算をすることにした。夢の中でだけでも思い出を作ろうかと思いはしたけど、でも咲葵が『清算しよう』と提案してくれたので、そうすることにした。

そして、最初に清算することになったのが両親とのことだった。

「父さん、母さん、俺の彼女だよ」

俺の言葉にやっと我に返った両親は、口々に「ああ、これはどうも。はじめまして」と、未だ驚きを隠せていないといった様子で言葉を返していた。

「お忙しいと伺っていたのですが、いきなり押しかけてすみません」

「い、いいえ。透は昔からピアノばかりで友達なんて連れてきたことなかったから、少し驚いてしまって……」

「母さん、友達じゃなくて恋人だから」

「え、ええ。そうね」

もはや動転している母さん、そして無言を貫く父さん。この二年、顔を合わせる機会も少なかった両親に恋人を紹介するなんて最初は緊張していたけど、俺よりも両親のほうが余裕がなさそうで少し安心してしまう思いだった。

「透さんとの出会いは、やっぱりピアノでした」

一番緊張して然るべき咲葵が、結局は一番口を開いていた。

恥ずかしいことに俺との馴れ染めなんて話し始めるものだから、なにを言っているんだと彼女の方を窺うと、その様子は落ち着いているとは無縁のようなもので、とにかくなにかを話そうと必死の形相だった。俺と両親と彼女という環境での対話は、俺の精神を酷く摩耗させた。

それでも、咲葵は途中から余裕を取り戻し、両親も彼女の人のよさを気に入ったようだった。気づけば母と咲葵はふたりで一緒に昼食の用意をしていたりと、そこには俺の思い描いた幸せの形が見えた。

ここに雫がいれば……どこかでそう思ってしまう。

俺は雫がいた頃のような家庭を望んでいるんだ。雫がいなくなった今ではもう今まで通りとはいかないだろうけど、でも雫の死から目を逸らすんじゃなくて、それを受け入れてまた手を取り合っていきたいと、そう思っているんだ。

「いい子そうじゃないか」

「ああ」

父さんと言葉を交わすのは今年の正月振りだった。

俺は父さんのピアノをまた聴きたいし、母さんの作る料理をまた食べたかった。そういうふうに、少しずつでも温かな家庭を望みたかった。

「父さん、雫から目を逸らすのは、もうやめよう」

「…………」

俺がそう言うと、父さんは苦汁を舐めたように表情を歪ませた。

「俺は彼女がいるからやっていけてる。だから、心配しなくていい。でも父さんや母さんとだって、また前みたいに話したいんだ」

「透……」

「俺だって、雫を亡くして辛いし、父さんや母さんの気持ちはわかっているつもりだから、少しずつでいいから、また歩み寄っていきたい」

これが俺の根底にある望みで、雫への最大の手向《たむ》けになると思ったから。自分のせいで家族が散り散りになってしまっただなんて知ったら、家族が大好きだった雫は悲しむだろうし怒るだろうから。

「……また明日から仕事に行ってしまうが」

「仕事は頑張ってほしいと思ってるよ。活躍を聞くと息子として誇らしくもなる。だけどさ」

この二年間ずっと我慢していた言葉を口内に用意する。彼女が、咲葵がもたらしてくれた機会なんだ、無駄にするわけにはいかないし、これが俺なりの清算だろうから。

「仕事が落ち着いたら、また帰ってきてよ。またこうやってご飯食べたり、話したりしたいんだ」

俺の素直な気持ちを伝えた。はっきりと、面と向かって。

「……ああ、ああ。もちろんだ。必ず、次はできるだけ早く帰ってくる」

俺がひたすら心のどこかで望んでいた返事を、父さんはくれた。こんなにもあっさりと、こんなにも簡単に。それでも、これができたのは、彼女がいてくれたからだ。

あと少しで終わってしまう世界だから、実際にこの世界では両親との生活は望めないけど、もうよかった。その言葉が聞けただけで、俺は満足だった。

それからは、母さんと咲葵が作ってくれた料理を食べて、その後に父さんのピアノを聴かせてもらった。俺にはピアノの音色と言ったら父のものであって懐かしさでいっぱいだったけれど、咲葵はプロの演奏をコンサートよりもずっと近い特等席で聴けたことに感無量といった様子だった。

そして、俺にとっても咲葵にとっても、最も馴染みのある曲を、父さんは弾いてくれた。

それは学生時代、家庭の事情で離れ離れになってしまった母さんへ想いを馳せて、父さんが作曲したものらしい。それがこの町の音楽好きの町長の耳に留まって、コンサートの曲目に選ばれたのだとか。

俺たちのいつも通っていた、あの町角の小さなコンサート。その最後の六曲目、あの曲だった。

「父さん、その曲、なんて名前なの？」

俺も、そして咲葵もずっと気になっていた、曲名。

「曲名か、あまり人前で弾かないし、一応父さんと母さんの曲だからこれといった名前はないんだけど、当時名付けていたのは『Another time』。格好つけて苦手だった英語を使ったんだよな。直訳すると『いつかまた』。母さんと、いつかまた会えるようにという願いを込めて付けた曲名なんだ」

気になっていた曲名をやっと知ることができた。その曲目の意味も。

それを聞いた俺と咲葵は顔を見合わせる。そして笑い合った。

──『俺たちにぴったりだ』と。

その日は、両親と水入らずの時間を過ごしてねと言って、咲葵は早めに帰った。彼女の言葉通り、その日だけは俺は両親と同じ時間を過ごした。まさに水入らずという感じで、両親がいない間にあったことを、たくさん話した。

柄にもなく、ではあったけど今向き合えてよかった。少なくとも、この世界の両親とはもう会うことはできないのだから、ある種の餞別《せんべつ》としての時間だったのかもしれない。

こうして、俺は悔いをまたひとつ消化して、この世界への清算を果たした。

八月三十日

俺たちは、夢が終わりに向かっていることを、たしかに感じ取っていた。

夢を見ている俺と咲葵を中心とした世界だからこそ、夢の終わりが近づくにつれてふたりに関係のない事柄は次々と消失しているのだと、咲葵は言った。テレビを点けてもそのほとんどが映らなくなったし、電車だって動いている本数は確実に減っていた。なんだか町の活気も薄れているようだし、もしかしたら住民すらも減っているのかもしれない。

「じゃあ、雫ちゃんのことを清算しに行くよ」

咲葵はそう言ってどこかに向かった。

「清算ってなにをするつもりだ」

「本当は、雫ちゃんの夢だったっていう透との二重奏のコンサートを開きたいところなんだけど、私が雫ちゃんの代わりにヴァイオリンを弾くわけにもいかないからね、それは却下」

咲葵はやはり、ここまで考えて物事を運んでくれたんだと実感する。過去の清算だって、きっとすべきことは彼女がすべて決めてくれていたんだろう。そして、きっと今回も。

「だから、雫ちゃんのお墓を作ってあげたいなって」

「…………」

「勝手に踏み込むようなこと言ってごめんね。でも、お墓建ててないって言ってたし、それがこの世界の雫ちゃんに対する、一番のすべきことかなって」

本物の世界では雫は生きているからと、『この世界』という言葉を強めて咲葵は言った。

「そうだな、そうしよう」

俺がまた怒るのではないかと、多分そういった意味で俺の様子を注意深く見ていた咲葵にそう言ってやる。

全部が俺のために考えてくれた発言だとわかっていて、どう怒れというのか。

「本当に、色々と考えてくれていたんだな。ありがとう」

代わりにそんな言葉を投げた。

俺の言葉を受け取って呆然としている彼女を置いて、先へ歩く。

「え、ああ！　ちょっと、置いてかないでよ！」

お墓と言っても、そんな大層なものじゃない。程よい大きさのちゃんとした石を購入して、それを雫の思い出の地にお墓のように埋め立てる、という簡単なものだった。

着いたのは、昔、家族で行った山中の丘。見渡す限り広がる空と海、そこに夕陽の沈む光景は、俺の人生において最大の絶景だったかもしれない。少し遠いけれど、その景色を見に行く価値は十分にある場所だった。

「いい場所だね」

「ああ。家族との思い出の場所なんだ」

「そっか、思い出の場所か……」

咲葵は『思い出の場所』という言葉をしみじみと呟いた。

「どうかした？」

「ううん、なんでもないよ。ここにご両親も一緒に来られたらよかっただろうなって思ってただけだから」

「ああ、両親の仕事が落ち着いて帰ってきたら、次は三人でここに来るよ」

もうそんな時間も可能性もないけど、敢えてそう言った。もしも、覚えていられたら、きっと元の世界では家族四人で再びここに来ようと思ったから。

そして、いつか、咲葵も含めた五人で来たいなとも。

この丘の中でも、とりわけ水平線が綺麗に見えそうな場所に、雫のための場所を作る。予め名前を掘っておいた大きめの石を立て、それから雫の好きだった曲の楽譜と、好物だった少し高級なメロンを置いてやる。

「高校生にしては奮発したんだからな」

雫の石に向かってそう言った。

後悔も罪悪感もまだ胸の内には残っているけれど、ほんの少し吹っ切れた気持ちはあった。

もう前を向いてもいいのかな、そう雫に心中で問いかける。当然答えなんてないけれど、でも、温かな気持ちになった。

『いいんだよ、ずっと心の中にいさせてくれてありがとう』

そんな雫の気持ちが入り込んでくるみたいだった。

「咲葵、ありがとうな」

「最近それればかりじゃない？」

「感謝してもしきれないんだよ」

全部が咲葵のおかげだ。こうして向き合えるのも、俺が前を向けたことも。きっとこの夢でできた偽物の世界も、いつかは意味があったと思えることを願って。

「じゃあ、もう帰ろうか」

「夕焼けが思い出なんでしょ？　見ていかなくてもいいの？」

「ああ、いいんだ。帰るのが遅くなるし、それにきっといつかまた見に来るから」

「そっか」

清々しい気分だった。雫と向き合って、こんな感情になれるとは思っていなかった。

俺は確実に悔いを消化している。自分自身を、清算できている。

でも、それと同時に、終わりが近づいていることもまた、痛いほど実感していた。

遠い道程を、引き返す。バスや電車を乗り継ぎ自分の町へと戻る。けれど、俺や咲葵とは縁もゆかりもない場所は、そのほとんどが白紙になっていた。道もレールも見えない、そんな真っ白な場所を、俺と咲葵のふたりだけを乗せた電車がひたすら走る。

それはなににも染まっていない純白の世界のようで、この世のものじゃないと思えるほど綺麗な光景で、そして同時に、どこまでも悲しい景色だった。

自分の住んでいた世界が、白紙になろうとしている。

「本当に、終わるんだな」

「うん……」

俺と彼女の声だけが、寂しく響いた。

せめて、この世界の最後の終わりまでは、一緒にいようと。

そうして、形も色もある自分たちの町へと帰ってくる。いつも通りの場所に立ってみると、その町並みは普段となにも変わらないのに、先ほどまでの帰り道はなにもない白紙の世界と化していた。

それはまるで、現実味のない夢から覚めたような感覚と酷似していた。それがどうしようもなく、ここが夢の世界なんだということを痛感させた。

「清算、終わったな」

俺が言う。

「………」

でも、返答がなかった。

咲葵の言っていた清算は、すべて終えたはずだ。過去の清算を終えたら本当の意味で付き合おうなんて言っていたけれど。

「終わってないよ」

でも、彼女は首を横に振った。

「どういうこと……」

「終わってないの」

「それは、」

「うん。まだ清算することが、あるんだよ」

時刻は、日付を越えようとしていた。

夜が更けた町は昼間のような騒音は鳴りを潜め、静寂が満ちた夜の顔を見せている。

街灯や月明かりだけが彼女の表情を照らしていて、それがとても綺麗だった。

そうして、心許ない光源に照らされた彼女は、その表情を悲しさで滲ませ、言った。

「私とのことが、残ってる」

日付が変わった。

同時に、彼女の携帯端末の残り時間が【24：00】を切った。

最後の日がやってきた。

八月三十一日

「透、それ取って」

夏休み最終日、夏の終わり、夢の終わり、世界の最後の日。

そんな日を迎えても、俺たちはいつもとさして変わらない一日を送っていた。買い物に行って、こうやって一緒に料理をして、食べ終えると他愛のない会話に花を咲かせて。そんないつも通りが楽しくて、幸せだった。

「遠出したり、いつも行かない場所に行くのも特別でいいけどさ、私たちが今までふたりで築いてきた時間も、特別なものなんだよ。だったら、ずっと重ねてきた特別を最後まで味わいたいな」

咲葵の言い方には、懐かしむような響きが混じっていた。終わりに直面して、きっと今までのことを思い起こしているのかもしれない。咲葵の記憶している俺との時間は、俺の記憶しているものよりもずっと多く、ずっと長いのだから。

「あ、でも日が暮れる前に行きたいところがあるの」

「どこに？」

「言ったでしょ、私のことも清算するんだって」

そう言われて連れてこられたのは、今まで俺と咲葵がよく足を運んだ学校の音楽室でも例のコンサート会場でもなくて、少し離れた花畑だった。

「いやぁ、電車があってよかったね」

「途中の景色はほとんど真っ白だったけど」

「雪景色に似ているのかな？」

「降っているというよりは、地から空に昇ってるって感じじゃないか」

俺たちの目に映る景色は、次々と白紙化し始めていた。この世界に記憶された景色は、一片の跡も残さずに粒子となって天に昇っていく。綺麗ではあるのだけど、どこまでも寂しい光景だった。

けれど、幸運なことに彼女の目指した花畑は、その形をしっかりと残していた。きっと、咲葵の記憶に強く残っている場所だから消えていないのだろう。

「もしかしたらこれから電車とかまで消えていってしまって、ここがこの世界の最後の場所になっちゃうかもしれないけど、いい？」

「ああ。咲葵の好きな場所なら、俺はそれでいい」

咲葵がいてくれれば、もうそれだけでよかった。それ以上に望むことはないし、それ以外に望むこともない。

「ここね、二年前に透とふたりで来たことがあるんだよ」

「そうなのか」

「うん、本当の初デートは、多分ここ」

「じゃあ思い出の地だな」

「うん、思い出の場所」

咲葵は少し寂しそうに目を細めて、辺り一面に咲く背の高い夏の花を眺める。

「咲葵はヒマワリが好きなのか？」

「うーん、どうなんだろ。少し複雑だけど、でも自分の名前の由来なんだし好きなのかな」

日向咲葵。向日葵が咲く。空を見上げる背の高い夏の花は、太陽の陽射しを浴びて瑞々しく輝いている。それでも、そんな花畑の中を進む咲葵の姿のほうがよっぽど輝いているように見えて、相応しい名前だと思った。

「自分の名前が好きなのか？」

「うん、好きだよ」

「そうか」

「だって、透が今まで何度も呼んでくれた名前だから」

恥ずかしげもなく、咲葵は笑顔を咲かせて言う。

「二年前は少し距離を感じる『日向さん』って。そして、恋人になった今は、恋人らしく『咲葵』って。それが嬉しくて。だから好き」

「……そうか」

対して、俺はそんな咲葵の言葉に恥ずかしくなって、ぶっきら棒にしか返答できない。名前なんてただ個人を識別するためだけのものだと思っていたのに、いつからこんなにも親しみを込めて名前を呼んでいたんだろう。

「昔はヒマワリも自分の名前も好きじゃなかったんだけどね、それでも透のおかげで好きになった」

「よかったよ。でも、俺も咲葵に名前を呼ばれるのは好きだな」

俺も素直にそう言ってやると、咲葵は人の悪そうな笑みを浮かべて「ふーん」なんて鼻を鳴らした。心なしか嬉しそうだ。

だったらいくらでも呼んでやるさ。

「咲葵」

「透」

「咲葵」

「透」

「…………」

「…………」

甘くてじれったい沈黙だった。恥ずかしくて堪らなくなり、お互いに顔を赤らめながら、噴き出した。一緒に笑った。今なら羞恥心だって、きっと幸せな感情だ。

「じゃあさじゃあさ」

「うん？」

「よくある『もしも』の質問していい？」

「ほう、どうぞ？」

咲葵は身を乗り出す、という勢いで俺に近づいてきた。そんな勢いに気圧されながらも、質問を促す。

「もしも明日、世界が終わるとしたら、どうする？」

その言葉で、ヒマワリの花畑に一瞬静寂が落ちる。

今言うには、酷く現実的すぎる質問だった。

普段であれば、そんなことがいきなり起こるなんてありえないという余裕があるからこそ、軽く振られる質問なのに、そんな起こりえないことが起こってしまった俺たちの間には、最も含蓄《がんちく》のある質問だ。

「そうだな……。咲葵はどうする？」

「私が聞いたんだから、先に答えてー」

「でもな、今の状況だとものすごく難しい質問だと思う」

「だから聞いたんだよ」

考えてみる。俺は今なにをしたいのか。

思い出の地を巡る、特別な場所に行ってみる、大切な人たちに別れの言葉を用意する、なにも考えずにいつも通りの毎日を過ごす。

いくつか候補は挙がるけど、それでもこれだというものがない。今までならこの質問をされたときに軽い気持ちが答えることはできたけど、その当人になってみると、なかなかに難しいものだ。

でもやっぱり。

「うん」

これしかないだろうと頷いてみせる。

「決まったの？」

「ああ」

「じゃあ、どうぞ！」

咲葵は手招きして、俺の回答を待つ。微笑みながら、まるで俺の言うことなんてすでにお見通しだといった様子で。

「きみの、咲葵の隣にいる」

結局のところは、俺はこれしか望まないんだ。

「それだけでいい。咲葵さえいれば、それで、いい」

自分の吐いた言葉を反芻するように、また強く噛み締めるように言った。

だから、こうして世界の終わりに彼女といられる俺は、この偽物の世界の住人の誰よりも幸せなんだろう。

「私も」

そう言って咲葵は同調した。

「透といられればそれでいい」

「ああ」

「うん」

「…………」

「…………」

「……ははっ」

「……ふふっ」

最近は、こうしてふたり見つめて笑い合うことが多いなと、そう思った。きっと、せめてこの世界が終わってしまうその瞬間まで、彼女の笑顔を記憶しておくために。

無数に立ち並ぶヒマワリの黄色の世界の中でふたりきりの時間を過ごす。なにかをするわけではないけど、それでよかった。ふたりで時間を共有することこそが俺たちの目的だった。

「二年前のことを、聞かせてくれよ」

少しずつ滲んでいくように茜色になってきた空を背景に、咲葵は眩しい笑顔を見せる。髪がかけられて露出した耳に光るピアスが印象的だ。

「二年前かぁ」

少し照れたようにはにかむと、懐かしむように目を細めた。

「私はここで透に告白したんだよ」

それは咲葵の持つ例の携帯端末にも書かれていたことだ。けれど、こうして本人に言われると本当にあった出来事だったんだと実感が湧いた。そのときの俺の気持ちはどんなだったろう。過去の自分が羨ましくもあり、妬ましくもあった。

「それでね、このピアスって、透がここでプレゼントしてくれたものなんだよ」

その耳元に可愛らしく飾られたヒマワリの形をしたピアスを強調するように、あらためて髪を耳にかける。咲葵のその癖が堪らなく好きだった。

「そうなのか？」

「うん。当時私は中学生だったから、もちろん穴なんて開いてなかったんだけどね」

「イヤリングと間違えたのか」

「多分ね」

クスッと咲葵が笑う。それもいい思い出だと言うように。

「私はこのピアスをするためだけに耳に穴を開けたんだよ。かなり地味な人間だったし、ピアスなんて似合わないと思ってたから、すごい勇気が必要だったけど」

「それは、なんかごめんな」

「ほんとだよ。おかげでこのピアスの似合う子になるために必死に努力したんだから」

文句を言うような口調だったけど、そこに嫌味なんて一切なくて。

「それから服装にも気をつかうようになって、髪も染めてメイクもして、そうやってピアスの似合う子になったんだから」

そうしているうちに、こんなに派手な感じになっちゃったけどね、とおどけたように笑った。

「……ピアスのためだけに？」

「ピアスのためだけに」

感心してしまうほどの献身ぶりだった。

「それで可愛くなったんだよ。周りが評価してくれて、そう思えるようになったの」

「周りの評価って？」

「うん。透が苦しんでるの知ってたから、私だけ罪悪感から逃れて友達を作るなんてことはできなくて、友達はいなかったんだけどね」

やっぱりだ。咲葵は俺と同等、もしくはそれ以上の罪悪感を抱えながら、それでも折れずに俺のことを待っていてくれたんだ。

でも、彼女はそんな苦労なんてなかったような素振りで、構わずに続ける。

「それでも、同級生の男の子とかからよく話しかけられることがあったり、その……ナンパとかも、たまに、ね？　そういう反応を見ているうちに、私って可愛くなれてるんだなって思えて」

そこまで言うと。咲葵は慌てて注釈を加える。

「安心してね？　他の男の人と付き合ったことなんてないし、ついて行ったことなんて一度もないから！」

「大丈夫、心配してないよ」

「いつも『好きな人がいるので！』って言って逃げてたんだから」

そんなことを言って、ふたりで苦笑する。「ありがとう。俺のことを待っていてくれて」そう返した。彼女がしてくれた努力や我慢に報いる方法なんてわからないから、そうやって感謝するしかなかった。

「あとね、二年前ここで」

そうわざと作られた沈黙の中、俺の意識は咲葵に支配される。彼女の細く伸びた指が口元に持っていかれて、俺はそれを目で追ってしまう。

「私たちはファーストキスをしたの」

「………」

咲葵の口元から目が離せない。もう何度か彼女とは経験のあることなのに、それをこうしてあらためて言われてしまうと、妙な緊張感と昂揚感《こうようかん》があった。

「だから、またここで」

そう動く咲葵の口の形を、俺の視線は逃さない。

「キスが、したい」

「……ああ」

そう返事をすると、お互いが自然と吸い寄せられるように近づき、そして口づけを交わした。

熱くなった吐息が間近に感じられ、その息遣いに鼓動が早まる。少し離れてしまうとまたお互いを求めるように寄り添う。相手のことをしっかりと記憶するように、深く、長く。

「なんか、すごく嬉しい……」

咲葵の目元が緩んでいるみたいだった。上気した紅い頬に涙ぐんだ目元。そんな頼りない表情をする咲葵を、俺は思い切り抱きしめた。

「好きだ」

「……私も好き」

何度も何度も、気持ちを伝え合った。

気持ちと一緒に零れ出しそうなものを、眉間に力を入れることでぐっと堪えた。

× × ×

夜が更けつつある。

咲葵の携帯を確認すると【3：47】という数字が表示された。この世界のタイムリミットは、あと四時間を切っていた。

「私たちから遠く離れているのに、月も星もちゃんと見えるね」

遠い町はすでに白紙になってしまっているのに、そんな意味が込められていた。

「まあそうだな。きっとそこも都合よくできてるんだと思う。太陽がなくなったらそれこそとんでもないことになるから」

「そっかー」

闇夜に浮かぶ月と星、それらに照らされた無数のヒマワリ。幻想的で美しい眺めだった。ベンチに腰をかけながらふたりして空を見上げる。ふたり揃って空を見上げる様は、まるで、俺たちまでヒマワリになってしまったかのようだった。

「こんな夜にはあのコンサートの曲を聴きたいな」

「ほんとだね。でも、もう電車なかったからなぁ」

ヒマワリ畑を満喫した後、結局自分たちの町に戻って、思い入れの強いコンサート会場を最後の場所にしようかという話になったのだけど、しかし俺たちを町まで運んでくれる電車も駅も、もうすでにこの世界から消失していた。

ヒマワリ畑の端の方でももう消失は始まっていて、世界の終わりがたしかに近づいていた。

「でも、この世界はきっと優しかったよ」

「世界が優しかった？」

「うん、こうして綺麗な景色も最後まで残してくれてるし、なにより透と最後まで一緒にいさせてくれるから」

「優しいのなら、消えずにずっとふたりでいられる夢を見せてくれればいいのにな」

「そう、だね……」

無言になった。

口を開けばなにかが零れてきてしまいそうで。きっとお互いに最後は笑顔で終わらせたいと思っているから、不用意に口を開けなかった。

そんな沈黙の中でも、俺と咲葵の手は指を絡めるように、きつく固く繋がっていた。

× × ×

【00：17】

辺り一面は不思議な光に覆われていた。

視界を黄色に染めていた無数のヒマワリから光が零れ出していて、この世界の最後のひと欠けらを消してしまおうとしていた。

「もうすぐ、だね」

「……ああ」

震えていた。お互いの声も、触れ合う肩も、そのすべてが現実を拒絶するように震えていた。

不安になって、咲葵を抱きしめたいという衝動に駆られたけど、でも彼女の姿を目に焼きつけていたくて、握る手の力を少し強めた。そんな彼女も同じように力を増して握り返してくれるから、おかげでどうにか落ち着きを取り戻す。

「透は今、幸せ？」

「幸せだよ」

「よかった、私も幸せ」

震える声なんてお構いなしに、言葉を紡いだ。この声を聞けるのももう最後かもしれない、そう思うと無性に寂しくなった。

「透、ごめんね」

「どうして謝るんだよ」

「透の言っていた通り、私が透と出会う選択をしていなければ、こんなに辛い思いをさせることもなかったから」

俺よりもずっと辛そうな顔をしているやつがなにを言っているんだと、そう思った。今にも泣き出してしまいそうに端正な顔を歪めながら。

「馬鹿なこと言うなよ」

「でも、でも……私は……」

俯きがちに、咲葵は弱々しく零した。

「私がこんな夢を望んでしまったから透は辛い思いをして、そして雫ちゃんも……」

「…………」

「私はずっとわからなかった。私が透といられることを望んでしまったこと、本当は何度も何度も後悔した。本当によかったのかなって自問して、でも答えなんて出なくて……」

後悔は自分ばかりだと思っていたけど、俺の隣にいてくれた咲葵は、きっと俺が背負っていた以上の重荷を感じていたんだ。この夢の世界で起こることすべてが自分の責任だと思っているのかもしれない。

そんな抱えているものを話せるような相手なんてどこにもいないだろうし、だから捌け口なんてなかったはずだ。

咲葵はずっと孤独の中で、俺を待っていてくれたんだ。

「たしかに、後悔はあるかもしれない。俺だって全部を納得できたままこの夢を終えられるわけでもないから」

「うん」

「でも、咲葵の選択は間違いじゃなかったんだよ」

「透……」

この俺の言葉が、咲葵にとっての〝清算〟になるようにと、丁寧に言葉を紡いだ。

「俺は、咲葵に出会わないほうがよっぽど嫌だったよ。こうして出会わなければ過去と向き合うこともなかったし、たくさんの幸せを知ることもできなかった。そう思えば、今の辛さだって、愛おしいものだよ」

「……なにそれ、変な強がり」

そう言って咲葵は薄く微笑んでくれた。

咲葵もやっぱりすべてを納得できるわけではないだろうけど、俺の言葉に張り付けていた泣き出しそうな表情は変えられた。少しでも彼女にとっての救いであるようにと、そう願った。

するとそんな微笑みをはっとした表情に一変させ、「そうだ！」となにかを思い出したように咲葵は言った。

「どうした？」

「ひとつ約束を忘れてた」

約束……？　この終わりかけた世界で、まだ解消されていない約束があっただろうか。俺の記憶には残っていないみたいだった。

「あれだよ、最初にした約束」

なんだっけと首を傾げると、「忘れちゃったのかー」と呆れたように溜息をつく。

「したでしょ、約束。私の手伝いをやり遂げてくれたらなんでもしてあげるって」

「……ああ！」

そんなことを言っていた気がする。たしか『私の手伝いをきちんと果たしてくれたら、ひとつだけなんでもしてあげるよ』という、好きな異性から言われるには少々毒性の強い甘美な言葉。

「でもそれは、コンサートに出場できたら、じゃなかった？」

「出場できたら、なんて言ってないよ。夏休みずっと手伝ってくれたらって言った。

透は夏休みの最後まで一緒にいてくれたんだから、希望をひとつ言う権利があります！」

そう、大袈裟に言い張っていた。

「希望、ね」

「あ、この期に及んで、いやらしいことはなしだよ？」

「そんなことは言わない！」

俺の焦りようが珍しいのか、咲葵は面白そうに声をあげて笑っていた。

「じゃあ」

「決まった？」

「ああ。少し酷なことかもしれないけど」

「なんでもいいんだよ」

それでも、俺の今考えている言葉は、きっと酷く、また無責任な言葉だ。

だから言うのが躊躇われたけど。

「この世界が終わって、元の世界に戻ったら」

「うん」

「俺のことをずっと待っていてほしい」

「…………」

「酷いことを言っているのは重々承知なんだけど、やっぱり俺はもう一度咲葵との時間を歩みたい」

「……なーんだ」

拍子抜けと言ったように彼女は声を漏らした。

「最初からそのつもりだよ」

「それってどういう……」

「言われずとも、私はずっと透のことを待っているつもりだったってこと」

「…………」

彼女の模範解答すぎるその言葉に脱帽して、声が出せなかった。さすがだ。俺はこの子にはこの先もずっと敵わないのだろう、そんなふうに思った。

出会えてよかった。相手が咲葵でよかった。

「出会ってくれてありがとう」

「こちらこそ、ありがとう」

そうして、また抱き合った。

こうして相手の温もりに触れられるのが今だけだと思うと、どうしようもなくなって。お互いの肩の上で、無理に張り付けていた微笑みを崩していく。

「もう、終わるんだな……っ」

「……うん…………。もう……」

「……あぁ…………っ」

「…………うぅ」

漏れ出るしゃくり声も、鼻をすする音も、気に留めなかった。

この世界はやっぱり優しくない。どうせなら、俺たちから涙を奪ってくれればよかったのに。もう笑顔を奪われてしまったみたいにうまく笑えない。

涙が、止まらない。

「……咲葵、咲葵……っ。離れないでくれ……ずっとそばにいてくれよ……」

「うんっ……うんっ……。ずっといる……透……」

願ってしまう。この夢がどうか終わらないようにと。

今こそ都合よく俺の願いを聞いてくれと。

それでも、そんな願いが通じることはなく。

傍らに置いていた携帯が振動音を鳴らす。

【00：01】

あと、一分を切った。

もう離れられない。離れることが怖くて、更にきつく抱きしめる。

「……ほんとに、大好きなんだ……好きなんだよ……」

「私も、透が好き……ずっとずっと好きだったの……！」

「ああ、ああ……」

世界が終わっていく。

そんな、たしかな感覚だけが、身体の奥底にまで伝わってくる。

もう時間がない。

言いたいことはいくらでもあるのに、肝心な言葉が浮かんでこなかった。

だから、無我夢中で動いた。

咄嗟に身体を離し、もうほとんどが白に染まった世界の中で彼女とキスをする。そして、最後にひと言呟いた。

この世界における最後の音。

この世界における最後の言葉。

そんな言葉が、どうも俺たちらしくって、お互いに笑い合えた気がした。

最後は、泣いていても、やっぱり笑顔で。

そうして、ひと言の音の響きだけを残して世界は終わる。

長い長い夢は、終わる――。

『いつかまた』

エピローグ

夢の挟間にて

世界が止まる瞬間を見た。

それはなんの変哲のない日常のひとコマ。

もはや習慣化しているコンサートでの音楽鑑賞の帰り道のことだった。

ヴァイオリンのレッスン終わりの雫と待ち合わせをしていて、ちょうど横断歩道を挟んだ先で雫の姿を見つけ手を振った。

赤信号を待ちながら、歩道の信号が青色に変わるのを待つ。

周囲の環境は普段となんら変わりない。草木は緩い風に揺らめき、道行く人々は統一感のない歩みをする。車はその速度で人々を追い越し、そうして世界は普段通りに回っていた。

けれど、信号が青に変わったとき、致命的な違和感を覚えた。

立ち止まっていた人々は、信号が変わったのを確認して歩みを再開するが、しかし俺の視界ではそのどれもがスローモーションに見えて、その動きは徐々に遅くなっていった。

そして、歩き出した先、雫が笑顔のままこちらに向かってきているその瞬間、僅かに視界に入ってきた異物に目を細めた。

信号が変わり、停止するはずのトラック。それが速度を保ったまま雫に接近してきていた。

——雫っ!!

叫びながら駆け出す。

けれど、俺が動き出したときには隣にいた影がいち早く雫のもとに行き、庇うよう抱きながら雫がいた側の歩道へと身を投げた。

それでも。

身を呈して雫を守ろうとしくれたその人物が、次にはトラックの衝突の危機に晒されていた。僅かに接触してしまいそうな角度。

俺はそれを確認すると、一心不乱に地面を蹴った。

そして、彼女を押し出した直後。

けたたましいブレーキ音とともに、俺の全身におぞましいほどの衝撃が襲った。

——そのはずだったけれど。

衝突で突き飛ばされた俺は、出血した額を押さえながら、守るべき対象に大事がないことを確認することができた。

確認して、そうして俺は気を失った。

× × ×

声が聞こえる。

俺の名前を呼ぶ声だ。

何度も何度も、繰り返し。

その懐かしい声音に手を伸ばし、姿の見えないそれの形をどうにか捉えようとする。

まるで水中に沈んでいった意識が水面に向かって手を伸ばし、この深く暗い闇の世界から引っ張り出してもらうのを待っているような。

――透、透、透。

また、俺の名前を呼ぶ声がする。

必死そうな声音は誰のものだろう。

どこか懐かしくて、同時に胸が縮こまるように苦しくなる、そんな声音。でも、聞いていると心地よくて、安心感を得られる。そんな声。

――羽柴さん、羽柴さん。

またた。

でも、どうしてだろう。さっきとは明らかに違うこの感じは。

肩が誰かに触れられる。軽く揺さぶられる。

邪魔しないでくれ、そう言いたかった。さっきの声の正体を思い出したかった。

しかし、そんな俺の要望なんて取り合ってもらえず、先ほどよりも大きく肩を揺さぶられる。

「……しば……ん」

俺を呼ぶ声が大きくなり、同時に意識が覚醒してくる。

「羽柴さん」

「んん……」

そうして意識がはっきりしたところで瞼を開くと、そこには最近見慣れてきた女性の顔があった。

「おはようございます、羽柴さん。今日で退院なんだから、もっとシャキッとしてください」

年齢にそぐわない若々しさと、端正な顔立ちの看護師さんだ。俺はある事故が原因で長期入院をしていた。

「智子《ともこ》さん……もう少し寝かせてください」

「だめです、早く起きて」

美人なだけあって、怒ったときの迫力も強い看護師の智子さんに促され、上体を起こす。

「早く退院の準備、済ませちゃってね。元気な人を病院に留まらせておくほど私たちは暇じゃありませんー。もう雫ちゃんもお迎えに来てるんだから」

「今日までは一応患者なのに」

そんな俺の返事に、智子さんは布団を取り上げることで対応してきた。布団の中に溜め込んでいた熱がそそくさと霧散してしまって、寝起きの身体にひんやりとした空気が刺さった。

季節は冬。いかに病院内だからといって、唐突に布団を取り上げられては少し寒かった。

「智子さん、俺、なんかものすごく長い夢を見ていた気がするんです」

「そりゃあ、寝ていたんだもの、夢くらい見るんじゃない？」

「まあ、そうですかね。なんか忘れてはいけない夢だったような気がして」

「なによ、まさか夢の中で恋でもしちゃったんですか？」

智子さんは茶化すようにそう言った。なんと言ったところで夢は夢だ。いつか記憶から忘却されてしまうものであるし、いちいち取り合っていても仕方のないことだ。そうわかっているのに、なぜだか割り切れない感情があった。

「どうなんでしょうかね」

俺も苦笑気味に返す。

すると、病室には来客がやってきた。

「おはよ、お兄ちゃんー！」

「よっ、透くん」

片や妹の雫と、片や俺と同じように智子さんの担当患者である香織《かおり》さんだ。活発で波長の合ったふたりは、俺が入院して早々意気投合したらしい。俺の見舞いに雫が来てくれることは多々あったが、そのほとんどが香織さんに会いに来ているみたいなものだった。

「おはよ、ふたりとも」

「お、寝坊か寝坊かー？」

香織さんが面白そうに俺の寝惚け顔に言及してきたので、俺も先日仕入れた話を持ち出して応戦することにする。

「こないだ聞いたんだけどさ、香織さん最近気になる男の子がいるんだって？　詳しく聞かせてくれよ」

そう言ってやると、香織さんは少し驚いたようにそのショートカットの髪を揺らすと、続いて情報源に見当をつけたのか「智子さんっ!!」と頬を膨らませていた。

こんな人たちに囲まれての生活だったので、夏からの約半年間に及ぶ入院生活に退屈することなんて滅多になかった。

俺の症状も、事故当時前後の記憶に一部の混濁《こんだく》が見られるものの、概ね問題がなく五体満足だ。

事故当時は俺が流血していたり、衝突したトラックが凹んでいたりと、その事故の派手さに周りの人間が大騒ぎしたことにより、一時は地方新聞でも掲載されるようなこともあった。けれど、死人はおらず、怪我人も俺ひとりと、その派手さに見合うような損害はなかったので、すぐさまその騒ぎは収束に向かった。

正直、当時のことはあまり覚えていないが、ともかくなにか行動しなければいけないという使命感のようなものに突き動かされ、雫を含めた周りの人を助けようと躍起になった記憶が僅かばかりある。協力してくれた人も隣にいた気はしたけど、どうやら事故の衝撃で記憶の一部が欠落してしまっているみたいで思い出せない。

ともかく、結果的に大事には至らなかったからなんでもよかった。

個人的には、入院は少し大袈裟なのではないかと思うくらいの怪我だったので、もう少し早く自由の身になりたいと思っていたくらいだったが、今日、とうとう退院の日を迎えた。

「じゃあ、お兄ちゃん、お家に帰ろう」

「ああ、そうだな」

また、日常に戻る。なんの変哲もない日常が続く。

でも、そんな当たり前が幸せだということを、俺は知っている。

そんな毎日を大切に生きなければ、そう強く思うようになった。

「そうだ、雫。せっかくだから寄り道して帰ってもいいか？」

「いいけど、どこに行くの？」

「ああ、それは――」

間奏　いつかまた。

冬の冷気で悴《かじか》んだ手を、擦ってどうにか暖をとりながら会場入りする。

町角のコンサート。例の如く客足はまばらで、今日も盛況とは言い難い様子だった。

シンと静寂の降り積もる空気に、視界の心許ない暗がり。ここ最近は以前にも増してここに来るけど、いくら時間が経って季節が巡っても、変わらない空気感に妙な安心感を覚えた。

私はこのコンサートに来るときは、かなり時間に余裕を持って来ることにしている。

その理由は単純だ。

「ええっと、」

会場内の席を見回す。ちょうどピアノの奏者の手元が見えて、かつ近づきすぎない程よい席を探す。

そうして、自分好みの、彼との記憶が一番蓄積しているであろう、あの席へと座る。

私はいつだって、彼を待ち続けている。

事故に遭う彼を守れず、ひとり入院した彼の姿を遠くから眺めることしかできなかった私。それでも待つしかなかった。

彼が私の前に現れるまで。

彼が私のことを思い出すまで。

彼が私の名前を呼んでくれるまで。

「先にお手洗い行ってくる」

「わかった。じゃあ俺は席を探しておくよ」

静寂が保たれた会場の中、どこからかそんな声が聞こえた。

聞き逃さないし、聞き違えるなんてことはない。この耳に馴染む優しい響き。

少しずつ近づく、几帳面そうな足音。それでも、こんな緊張感の帯びた空気に慣れているような足取りの感覚。

ほとんどの音が遮断されたそんな環境だからか、私の聴覚はいつもよりも敏感になって、その近づいてくる足音を追う。

そして、足音が鮮明に聞こえるようになってすぐ、その音はぴたりと止まった。

自然と、隣から私の方に影を落とす人物に視線を向けた。すると、相手も私の方へと視線を向けていて、目が合った。

「……っ」

そこには、彼がいた。

不思議そうに私を見やる、彼がいた。

彼は『隣の席いいですか』と、そんなことを聞くようなニュアンスで、
「こんにちは」
と言った。
いつかと同じ彼が、そこにいた。
私がずっと追い求めて、待っていた彼がいた。
そして。
「久しぶり、でいいのかな」
優しく微笑みながらそう口を開き、最後には、
――咲葵。
と、そう言った。
私たちの未来への約束は、今果たされた。
『いつかまた』
そんな確証のない、曖昧な約束が。
――また会えたね。

完

あとがき

どうも、冬野夜空です。

まずは、『あの夏、夢の終わりで恋をした。』をお手に取っていただき、ありがとうございます。

人は誰しも『あのときこうしていれば……』と感じてしまうような後悔をしたことがあるのではないかと思います。そして私は、そういった後悔をおそらくは人よりも多く感じてしまう人間です。だからこそ、今回はそんな後悔をテーマに据えてひとつの物語を執筆してみようという運びとなりました。

ひとつの選択が未来を大きく変えることもあると思いますし、自分のしなかった選択の先にはなにがあったのかと無意味な考えを膨らませてしまうこともしばしばあるでしょう。例えばこうして小説を書かなかった世界の私はどうしていたのかと、そんな可能性の世界に思いを馳せてしまいます。

それは、もしも——またはもうひとつ——の世界。要はパラレルワールド、というもののことです。

そんな本作の舞台である、もうひとつの世界(Another world)と、本作でひとつの重要なキーワードとして登場した『いつかまた(Another time)』が、Anotherという英単語で掛かっていた設定だと気付いた方は、ほとんどいなかったのではないでしょうか。

本作を通じて、読んでくださった方の今後の後悔を少しでも和らげる、または今抱えている後悔に対して少しでも清算する手助けができれば、本作『あの夏、夢の終わりで恋をした。』を刊行した上で、それ以上に嬉しいことはありません。

ここで謝辞を。

忙しないスケジュールの中でも作品と私に対して真摯に向き合い続けてくださった担当編集の飯塚様。咲葵の容姿の派手さと不思議さ、儚さなどを的確に表紙イラストとして表現してくださった雨壱絵穹様。ここで挙げさせていただいた以外の方も含め、作品に携わっていただいた皆様、厚く御礼申し上げます。

そして、この度本作品をお手に取ってくださった読者の皆様、あらためて感謝申し上げます。

二〇二〇年六月　冬野夜空

この物語はフィクションです。実在の人物、団体等とは一切関係がありません。

冬野夜空先生へのファンレターのあて先
〒104-0031　東京都中央区京橋1-3-1　八重洲口大栄ビル7F
スターツ出版（株）書籍編集部気付
冬野夜空先生

あの夏、夢の終わりで恋をした。

2020年6月28日　初版第1刷発行
2024年10月7日　　　第16刷発行

著　者　冬野夜空　

発行人　菊地修一
デザイン　フォーマット　西村弘美
　　　　　カバー　長﨑綾（next door design）
発行所　スターツ出版株式会社
　　　　〒104-0031
　　　　東京都中央区京橋1-3-1　八重洲口大栄ビル7F
　　　　出版マーケティンググループ　TEL03-6202-0386
　　　　（ご注文等に関するお問い合わせ）
　　　　URL　https://starts-pub.jp/
印刷所　大日本印刷株式会社

Printed in Japan

ISBN　978-4-8137-0927-5　C0193